Studie, seks en sla

Carolyn Mackler

Van Holkema & Warendorf

Voor mijn vriendin, Jenny Greenberg, veel liefs

ISBN 90 269 1544 6
NUR 284
© 2006 Uitgeverij Van Holkema & Warendorf,
Unieboek BV, Postbus 97, 3990 DB Houten

Tekst © 2004 Carolyn Mackler
Oorspronkelijke titel: *Vegan Virgin Valentine*

www.unieboek.nl

Vertaling: Karien Gommers en Hanneke van Soest
Omslagontwerp: Ontwerpstudio Bosgra BNO, Soest
Opmaak binnenwerk: ZetSpiegel, Best

Het eerste wat V deed toen ze in Brockport aankwam, was mijn ex-vriendje versieren. Oké, ze deed het natuurlijk niet meteen, maar wel binnen vierentwintig uur nadat haar vliegtuig op Greater Rochester International Airport was geland. Ze heet voluit Vivienne Vail Valentine, maar ze luistert alleen als je haar V noemt.

Ikzelf heet Mara Valentine. Ik ben zeventien en zit in het laatste jaar van de middelbare school. Eind juli word ik achttien, dus mijn sterrenbeeld is Leeuw. Maar dat is ook het enige wat ik van astrologie weet. Horoscopen heb ik altijd flauwekul gevonden. Zo las ik bijvoorbeeld op de horoscooppagina van de *Democrat and Chronicle* dat de maan de komende lente in mijn huis van de romantiek zal staan. Nou, afgezien van Travis Hart is de romantiek ver te zoeken in mijn universum. Travis en ik hadden vorig jaar in de vijfde klas verkering. Alleen wilde hij veel meer dan alleen mijn maan, en het liefst ook nog met de snelheid van het licht. Hij dumpte me drie dagen voor mijn toelatingsexamen voor de universiteit via msn. Goddank haalde ik toch nog een uitstekende score, anders had ik hem een kopje kleiner gemaakt.

Ik behoor tot de beste leerlingen van onze school en mijn beide ouders hebben een sticker met de tekst MIJN KIND IS

EEN BOLLEBOOS op de bumper van hun auto. Sinds kort zijn daar de Yale-stickers bij gekomen, want ik ben in december vervroegd toegelaten tot de universiteit.

Mijn toelating op Yale kwam niet echt als een verrassing. Ik zit al sinds vorig jaar in de leerlingenraad. Bovendien volg ik al jaren versnelde zomercursussen en neem ik deel aan de Model Verenigde Naties en *Odyssey of the Mind*. Ik heb zelfs een deeltijdbaantje bij een café genomen om in mijn studie-aanvraag niet als een verwend rijkeluiskind over te komen.

Mijn vader is tandarts en heeft een praktijk in Brockport. Mijn moeder doet aan fondswerving voor de universiteit van Rochester. Mijn lengte heb ik van mijn vader geërfd. Ik ben één meter achtenzeventig en veganist. Ik heb al zeven maanden geen zuivel, vlees of eieren gegeten, hoewel ik soms nog wel eens van een tosti droom. Ik ben mager, op het slungelige af, en heb hazelnootbruine ogen en halflang bruin haar tot op mijn kin. Ik heb bloedgroep A, ben een type A-persoonlijkheid en draag een beha met een A-cup.

Mijn ouders kregen mij toen ze in de veertig waren. Ze zijn nu begin zestig, dus dat betekent dat ze zo'n tien à vijftien jaar ouder zijn dan de meeste ouders. Niet dat ze er oud uitzien, maar ze gaan meestal wel met de kippen op stok. We praten nóóit over seks, zodat ik niet op de hoogte ben van de details van mijn late verwekking. Wat ik wel weet, is dat mijn ouders me op de wereld hebben gezet om hun teleurstelling over mijn oudere zus, Aimee, te compenseren, die op haar achttiende de wijde wereld in trok.

Aimee verliet de universiteit toen ik nog een baby was. Ze verhuisde naar Vail, in Colorado, om haar grote droom – skilerares worden – in vervulling te doen gaan. Maar in plaats van op het skiën, stortte ze zich op de skileraar en werd zwanger van een man die ze nooit anders heeft genoemd dan de Spermadonor. Toen V in september werd geboren, woonde Aimee inmiddels op een wijnboerderij in Californië, waar ze haar nieuwe droom – rode wijn leren maken – probeerde te verwezenlijken. Logisch gezien is V mijn nichtje. Maar het idee dat V en ik nicht en tante van elkaar zijn terwijl we maar één jaar verschillen, is zo bizar dat ik er liever niet te lang bij stilsta.

Aimee is nu vijfendertig en verandert net zo makkelijk van baan, woonplaats of levenspartner als een kameleon van kleur. Sinds een halfjaar woont ze samen met een zekere Michael, die een tex-mexrestaurant in San Diego runt. Voor die tijd zat ze met Elias op een biologische boerderij in de buurt van Eugène, Oregon, terwijl ze twee jaar geleden nog in een kunstenaarscommune in Vermont woonde en bardame was in New Orleans.

Tussen de verhuizingen door komen Aimee en V meestal een paar dagen bij ons in Brockport logeren. Aimee neemt dan de logeerkamer op de eerste verdieping en V slaapt op een luchtbed bij mij op de kamer. Ik zie er altijd vreselijk tegenop. Als V geen familie van me was, zouden we nooit vrijwillig in dezelfde stratosfeer verkeren, laat staan in dezelfde slaapkamer. We zijn allebei lang en dun, maar daarmee houden de overeenkomsten wel op. V is brutaal en gaat haar eigen gang. Bovendien doet ze in elke nieuwe stad een nieuwe slechte gewoonte op. In Vermont verloor ze haar maagdelijkheid aan een achttienjarige accordeonist. Ze hield me nachtenlang wakker met haar verhalen over hun stoeipartijen. In New Orleans verfijnde ze haar nymfomane trekjes en groeide de lijst met ex-vriendjes.

Uitgerekend op de biologische boerderij begon ze met roken. Leunend uit mijn slaapkamerraam, pafte ze in vijf dagen twee pakjes sigaretten weg.

Mijn ouders zien het met lede ogen aan. Ze hebben allang de hoop opgegeven dat Aimee haar studie nog eens zal oppakken. Ze hopen alleen nog dat ze zich ergens voor langere tijd zal settelen. Maar hun grootste zorg is V. Ze stellen Aimee regelmatig voor om V op hun kosten zangles te laten nemen of toelatingsexamen te laten doen voor de universiteit. Ik heb mijn ouders meer dan eens aan de telefoon horen zeggen: 'V heeft zó veel verborgen talenten. Als ze bij ons zou wonen, zouden we wonderen met haar kunnen verrichten.'

Een en ander verklaart de druk die er op mij ligt. Aimee is de gesjeesde student. V heeft verborgen talenten. En ik, ik ben hun laatste hoop.

Maar in januari van mijn eindexamenjaar stalde Aimee haar dochter dus bij ons in Brockport. Nog geen dag later versierde diezelfde talentvolle V Travis Hart bij de jongenskleedkamer van onze school, waarna ik nog maar één ding hoopte: dat V zo snel mogelijk uit mijn leven zou verdwijnen.

I

Mijn ouders overvielen me op een stormachtige maandagavond in de eerste week van januari. Buiten woedde zo'n he-
vige sneeuwstorm dat ik er al min of meer van uitging dat de
lessen de volgende dag niet zouden doorgaan. Niettemin zat
ik aan mijn bureau te leren voor een psychologietoets. Mijn
ouders kwamen mijn kamer binnen, gingen aan weerskan-
ten van me staan en vroegen of ik tijd had voor een spontane
familievergadering.
Familievergaderingen zijn erg belangrijk in ons gezin. We
houden een familievergadering om te beslissen waar we
met vakantie naartoe gaan. We belegden een familievergadering toen ik te kennen gaf dat ik niet langer wilde meedoen aan het laatste jaar van de Model Verenigde Naties.
Bovendien hielden we diverse familievergaderingen over de
vraag bij welke universiteit ik me zou inschrijven. Na stapels
boeken en studiegidsen te hebben doorgenomen, kwamen
we tot de conclusie dat Yale de perfecte universiteit voor mij
was.
'Waarover?' vroeg ik.
'We kregen een paar dagen geleden een telefoontje van
Aimee,' zei mijn vader.
'Ze gaat naar Costa Rica verhuizen!' riep mijn moeder uit.

'Ze wil dolgraag de traditionele Midden-Amerikaanse keuken onder de knie krijgen.'

Achterdochtig bestudeerde ik mijn moeders gezicht, dat openbrak in kraaienpootjes en diepe lachrimpels. Meestal straalt ze een en al ergernis uit als mijn oudere zus verkondigt een nieuwe droom te willen najagen. Maar dit keer maakte ze een verdacht opgeluchte indruk.

'En?' vroeg ik. 'Vanwaar de familievergadering?'

Mijn ouders wisselden een snelle blik, waarna mijn vader zei: 'In het gebied waar Aimee naartoe gaat, zijn geen Engelse scholen...'

'En V spreekt geen Spaans,' voegde mijn moeder eraan toe.

Mijn hart sloeg over, want ik zag de bui al hangen. En ik had gelijk. Mijn ouders vertelden me dat ze voor V al een vliegticket enkele reis naar west-New York hadden geboekt. Ze zou over anderhalve week arriveren en op mijn school de vijfde klas afmaken. De logeerkamer op de eerste verdieping zou tijdelijk haar kamer worden.

Ik was zo geschokt dat ik niets anders kon uitbrengen dan: 'Aimee wil de Midden-Amerikaanse keuken onder de knie krijgen?'

Mijn moeder knikte. 'Ze schijnen daar allerlei interessante kruiden te gebruiken.'

'En ze hebben er de meest gevarieerde rijst- en bonengerechten,' zei mijn vader.

Ik staarde uit het raam. De fijne sneeuw plakte tegen de ruit, als poedersuiker aan een beslagkom.

'Het goede nieuws is dat V bij ons komt wonen,' zei mijn moeder. 'De vijfde klas is een belangrijk jaar. We kunnen haar nu nog klaarstomen voor de universiteit.'

'We hebben haar in Rochester ingeschreven voor een voorbereidingscursus voor het toelatingsexamen,' zei mijn vader. 'Omdat V nog geen rijbewijs heeft, zal mama haar op de dinsdagavond brengen en ik op de donderdagavond.'

'Waarom vertellen jullie me dit nu pas?' wist ik uiteindelijk uit te brengen.

Mijn ouders keken elkaar aan. Ik wist maar al te goed waarom ze me niets hadden verteld. Ze wilden eerst alles geregeld hebben, omdat ze bang waren dat ik bezwaar zou maken.

'We weten dat het niet makkelijk voor je zal zijn,' zei mijn moeder.

'Jij en V zijn zo verschillend,' zei mijn vader.

'Maar het gaat nu net zo goed met mijn studie,' sputterde ik tegen. Ik had me voorgenomen de laatste vijf maanden van het schooljaar alles uit de kast te halen. Bovendien had ik me al ingeschreven voor een zomerprogramma aan de Johns Hopkins-universiteit, waar ik in acht weken twee vakken zou kunnen afronden. Ik had me ingesteld op een soepele overgang naar de universiteit, niet op een nicotineverslaafde nymfomane die me thuis het leven zuur zou maken.

'Het komt allemaal goed,' zei mijn moeder.

Mijn vader gaf me een klopje op mijn schouder. 'Je zult het zo druk hebben met je examen dat je niet eens merkt dat V er is.'

Ik keek op naar mijn vader. Hadden we het over dezelfde persoon?

'Het komt allemaal goed,' herhaalde mijn moeder.

Negen dagen later haalden we V van het vliegveld. Haar honinggele haar was lang en de lokken van haar pony hingen als lamellen voor haar ogen. Telkens als mijn moeder ze uit haar gezicht streek, vielen ze weer terug. Ze had feloranje, afgekloven nagels. Ik zag dat ze iets met inkt op de vingers van haar linkerhand had geschreven, maar ik kon niet lezen wat, want mijn ouders bedolven haar onder de knuffels. En hoewel het in het westelijke deel van de staat New York in januari kouder is dan in Antarctica, droeg ze een topje, geen beha en een jeans met slijtageplekken ter hoogte van haar zitvlak.

Toen mijn vader de auto van de parkeerplaats ging halen, deed mijn moeder haar jas uit en drong er bij V op aan dat ze hem zou aantrekken. Terwijl V mijn moeders jas aandeed, viel mijn blik op de rugzak die ze zojuist van haar blote schouders had laten glijden. Omdat het zo'n tas van hennepstof was, vroeg ik me af wat voor nieuwe rookgewoonten ze in San Diego had opgedaan.

In de auto terug naar Brockport informeerden mijn ouders naar Aimees nieuwe hobby, de Midden-Amerikaanse keuken.

V rolde met haar ogen. 'Ahum, nieuwe hobby. Het draait gewoon om Campbell.'

'Campbell?' vroeg mijn moeder.

'Ja,' zei V. 'Een of andere surfer die ze in november heeft ontmoet. Hij gaat naar Costa Rica voor de superhoge golven. Zij gaat naar Costa Rica voor de superorgasmen.'

Nogmaals, bij ons thuis wordt nóóit over seks gepraat, laat staan over orgasmen.

Mijn moeder kuchte. Mijn vader zwenkte uit naar links en schampte bijna een vrachtwagen. Er viel een doodse stilte. V begon op haar nagels te bijten. Ik gluurde naar haar hand.

Op elke vinger, van haar pink tot haar wijsvinger, had ze *fuck fuck fuck fuck* gekrabbeld. Op haar duim las ik: *everyone.* Gatver!

2

Toen we thuiskwamen van het vliegveld, droeg mijn vader V's sporttassen naar de logeerkamer en begon mijn moeder de groentecurry met basmatirijst op te warmen. Omdat ze weet dat ik niet wil dat het voedsel in contact met vlees komt, had ze de stukjes lamsvlees in een aparte schaal gedaan.

V schepte voor zichzelf een enorme portie lamsvlees op en slechts een klein bergje rijst.

'Hou je niet van groente?' vroeg mijn vader.

V schudde haar hoofd. 'Ik ben sinds kort verslaafd aan schapenvlees.'

'Dit is lamsvlees,' zei ik.

Terwijl V een stukje vlees in haar mond stak, neuriede ze: '*Mary had a little lamb.*'

Natuurlijk deed ze dat alleen maar om mij op de kast te jagen. Op de terugweg in de auto hadden mijn ouders haar verteld dat ik nog steeds veganist was. Toen ze me vroeg hoe iemand in vredesnaam uit vrije wil hamburgers, pizza's en ijs kon laten staan, antwoordde ik haar dat ik moest walgen van dierlijke producten.

Dat is maar gedeeltelijk waar. Ik heb eigenlijk nooit de gedachte kunnen verdragen dat vlees in wezen hetzelfde is als kadavers met een stamboek of dat eieren eigenlijk onbevruchte kuikentjes zijn. Maar ik heb ook zo mijn geheime redenen. Toen Travis Hart me had gedumpt, was ik een tijd-lang geobsedeerd door hem, of liever gezegd door het feit dat ik was afgewezen. Na een paar rotweken besloot ik dat ik door iets anders geobsedeerd moest zien te raken. Iets groots. Toen kwam ik op het idee van het veganisme. Het slorpt je totaal op. Op elke verpakking van levensmiddelen moet je de lijst met ingrediënten zorgvuldig lezen; als je op reis gaat, moet je altijd een pot pindakaas meenemen en je kunt alleen maar in speciale restaurants eten. Het is soms vreselijk lastig, maar het leidt me wel prima af.

Toen we bijna klaar waren met eten, vroegen mijn ouders aan V of ze het spannend vond om naar een nieuwe school te gaan.

'Welnee,' zei V. 'Dit is al de zeventiende school waar ik als nieuweling binnenkom. Het voelt een beetje zoals... nou ja, wat dan ook.'

'De zeventiende?' Mijn vader trok zijn zware wenkbrauwen op. 'Zijn het er echt al zoveel?'

Mijn moeder klemde haar handen om haar waterglas als-of ze zichzelf moest inhouden om niet iets onaardigs over Aimee te zeggen.

V knikte. 'Het is toch allemaal één pot nat. Dezelfde kluisjes, alleen met een andere code. Dezelfde geur van zure melk, maar dan in een andere kantine. Dezelfde kakkers, dezelfde domme roddels.'

Mijn moeder streek V's pony uit haar gezicht. Omdat haar vingers nog vochtig waren van het beslagen waterglas, ble-ven V's haren aan een kant tegen haar hoofd plakken. Snel keek V omlaag naar haar bord.

'Misschien is het in Brockport anders,' zei mijn vader. 'Per slot van rekening ken je Mara al. Ik weet zeker dat zij je aan een aantal leerlingen zal kunnen voorstellen. Ze is bij zo veel activiteiten betrokken... Ik kan het niet eens bijhouden.'

V en ik keken elkaar peilend aan. Aan haar zelfvoldane lachje kon ik zien dat ze dacht dat ik zo'n uitslover was die in de klas de hele dag zijn vinger opgestoken heeft en bij de leraren loopt te slijmen. Maar dat kon me niets schelen, want zelf had ik al besloten dat V een spijbelende nietsnut was, die voortdurend voor straf bij de rector op het matje moest komen.

'Ik heb een idee!' riep mijn moeder uit. 'Mara, als jij nou eens een jaarboek pakt, dan kunnen we V laten zien wie wie is op Brockport High School.'

Ik schoof mijn bord weg. 'Ik wilde eigenlijk gaan afwassen. Het is mijn beurt vanavond.'

V glimlachte liefjes naar mijn moeder. 'Dat is een goed idee. Ik zou het echt heel leuk vinden om een jaarboek in te kijken en te zien wie wie is.'

'Je liegt,' zei ik. 'Net zei je nog dat het toch allemaal één pot nat is en dat het niets uitmaakt.'

'Liegen is een beetje sterk uitgedrukt,' zei V.

'Jullie hebben het gehoord,' zei ik tegen mijn ouders. 'Ze zei dat het niet uitmaakt wie wie is.'

Mijn ouders keken elkaar aan met een blik van 'wat krijgen we nu'. We maken eigenlijk zelden ruzie thuis. Natuurlijk zijn we het wel eens niet met elkaar eens, maar nooit zo erg dat het niet in een paar familievergaderingen kan worden opgelost.

Mijn vader streek met zijn hand door zijn bijna witte haren.

Zijn wilde kapsel valt zonder meer in de categorie 'Albert Einstein'. Ik heb dezelfde bos haren maar ik föhn het altijd in bedwang.

'Laat mij vanavond maar afwassen,' zei mijn vader ten slotte.

'Prima,' zei mijn moeder. 'Mara, haal jij even een jaarboek of zal ik het doen?'

Ik prikte mijn vork in een laatste stukje bloemkool. Het was nu niet meer twee, maar drie tegen één.

Mijn moeder zat in het midden van de bank met *De tijd van je leven* opengeslagen op schoot. Aan weerszijden van haar zaten V en ik. Overigens, *De tijd van je leven* is de titel van het jaarboek van vorig jaar. Ik zat in de redactie van het boek, maar toen er voor de titel moest worden gestemd, was ik in Georgetown voor een conferentie van de model-VN. Ik vind het een belachelijke titel voor een jaarboek. Als je mensen het idee wilt meegeven dat de middelbareschooltijd de tijd van hun leven is, is het toch een deprimerende gedachte dat het na hun eindexamen alleen maar minder kan worden. Maar de jaarboekadviseur was ook degene die een van mijn aanbevelingsbrieven voor de universiteit zou schrijven, dus ik liet het wel uit mijn hoofd om daarover te bekvechten.

Terwijl mijn moeder door het boek bladerde, wees ze af en toe op een foto en zei dan: 'Leuke kinderen.' Vrij vertaald betekende dat: kinderen die zo goed als zeker gaan studeren en van wie de ouders ook op de universiteit hebben gezeten. Het was vreemd om mijn moeder 'Mara's vriendinnen' te zien aanwijzen. Meisjes zoals Bethany Madison en Lindsey Breslawski. Al sinds de eerste klas van de middelbare school brachten we de lunchpauze met elkaar door en soms logeerden we in het weekend bij elkaar.

Maar het afgelopen halfjaar zijn we uit elkaar gegroeid. Sinds het begin van dit schooljaar vertrek ik om tien over halftwaalf van school, omdat ik een speciaal versneld lesprogramma voor getalenteerde leerlingen volg, waarin ik het eindexamenjaar van de middelbare school en het eerste jaar van mijn universitaire studie in één jaar kan doen. Elke middag volg ik al colleges aan de universiteit van Brockport. Als ik dan ook nog voor het zomerprogramma van de Johns Hopkins-universiteit word toegelaten, kan ik als ik genoeg studiepunten haal als tweedejaars beginnen op Yale.

Vandaar dat ik niet langer in de kantine lunch. 's Ochtends ben ik gewoon op school, 's middags ben ik op de universiteit en vaak kom ik daarna weer terug naar school om een vergadering bij te wonen. Ik praat af en toe nog wel met Bethany en Lindsey, maar we hebben al maanden niet meer gebeld of gemaild.

Mijn moeder bladerde door het gedeelte over het verenigingsleven en wees op de talloze foto's van mij. V klakte op een hatelijke manier met haar tong. Toen mijn moeder op de bladzijde met de Gifvrije Gala's was aanbeland, waarop ik prominent in beeld was als organisator van een volleybaltoernooi als alternatief voor het doden van hersencellen door alcohol of drugs, begon V zelfs te snuiven.

'Gifvrije gala's?' vroeg ze. 'Hoe gaat dat? Wordt er dan biologisch-dynamische appelsap geschonken? Wat leuk!'

'Hou op,' zei ik.

'Ik plaag je alleen maar, Mara. Ontspan je.'

Ik haat het als mensen me zeggen dat ik me moet ontspannen. Dat is net zoiets als wanneer ik door de gang loop en een leraar in een of ander soft vak me 'lach eens, Mara' toeroept, alsof ik permanent onder de prozac zit.

Volgens mij voelde mijn moeder de spanning tussen ons aan. Haastig sloeg ze de bladzijde om maar kwam helaas terecht op een dubbele pagina met spontane kiekjes van het Winterbal van vorig jaar. En precies in het midden stond die foto van Travis Hart en mij, met de armen om elkaar heen. Ik droeg een jurk met spaghettibandjes en Travis een kostuum. Het kopje erboven luidde: *Valentine en Hart, 2-gether 4-ever.* Die foto was er door mijn mederedacteuren bij wijze van verrassing in gezet, omdat ze ervan overtuigd waren dat wij voor elkaar gemaakt waren. Leuke verrassing. Tegen de tijd dat het jaarboek bij de drukker lag, werd ik eind april door Travis gedumpt. Dus toen *De tijd van je leven* in juni uitkwam, moest ik de publieke vernedering ondergaan dat Travis en ik niet langer 4-ever 2-gether waren. Om nog maar te zwijgen van het feit dat hij zich in de maand van onze breuk ontpopte tot een ordinaire rokkenjager en het ene na het andere meisje uit de bovenbouw afwerkte.

'Valentine en Hart,' las V op zangtoon voor. 'Ik wist niet dat je een vriendje had. En ook nog 4-ever. Toe maar.'

'Het is uit,' zei ik.

Ik durfde te zweren dat ik mijn moeder hoorde jammeren. Hoewel het al acht maanden geleden is, zijn mijn ouders er nog steeds niet overheen dat het uit is tussen Travis en mij. Niet alleen vanwege de Valentine-Hart-woordspeling, hoewel dat toch de slagroom op de taart was. Het was meer dat Travis in hun ogen de ideale schoonzoon is. Hij is ruim één meter tachtig lang, knap, en mijn mannelijke evenbeeld. En dan heb ik het niet over zijn horkerige gedrag maar over zijn eerzucht. We volgen allebei het versnelde programma. We volgen allebei ongeveer dezelfde vakken ter voorbereiding op de universiteit. En op dit moment zijn we beiden in een strijd verwikkeld om wie de afscheidsrede van de eindexamenklassen mag houden. Op dit moment zijn we nog maar enkele decimalen van elkaar verwijderd. Het is eigenlijk krankzinnig, want het maakt voor onze academische toekomst niets meer uit. Drie dagen nadat ik op Yale werd toegelaten, kreeg Travis bericht dat hij vervroegd op Princeton terechtkon. Maar wat voor spanning er ook tussen ons was, of die nu seksueel was of niet, we streden nu om het hoogste gemiddelde eindcijfer. Seks, of liever gebrek aan seks, werd onze ondergang. Travis benaderde onze lichamelijke relatie met dezelfde genadeloze agressie die ook de rest van zijn leven kenmerkt. Het ging alleen maar om scoren. Hij dwong me voortdurend een stapje verder te gaan: tweede honk, derde honk, en homerun. Toen we nog maar net verkering hadden en hij zijn hand in mijn beha probeerde te wurmen, duwde ik zijn hand telkens weg, waarop hij zei: 'Waar maak je je druk om? Alsof er zoveel in zit.'

Travis is niet in alle opzichten een klootzak, maar als vriendje was hij dat wel. Het groepje bollebozen op onze school is zo klein dat mijn vijandige houding tegenover hem niet lang vol te houden was. We zijn niet meer bevriend, maar ik kan me normaal gedragen in zijn gezelschap. We zitten allebei in de leerlingenraad en zijn allebei voorzitter van het Gifvrije Eindgala, een non-alcoholisch feest na afloop van de diploma-uitreiking. We zijn allebei actief in de National Honor Society. Op woensdagmiddag geven we allebei bijles aan leerlingen uit groep acht. Soms kunnen we er zelfs om lachen dat we allebei zo graag de afscheidsrede willen houden, maar ik ben nog steeds vastbesloten om hem met het welkomstwoord voor de nieuwelingen af te schepen. Dan zal ik pas echt in mijn vuistje lachen.

'Waarom zijn jij en die Travis Hart niet voor altijd bij elkaar gebleven?' vroeg V.

'Het klikte niet tussen ons,' zei ik.

'In welk opzicht niet?'

Ik wierp een blik op mijn moeder.

'Misschien kunnen we er beter niet over praten,' zei mijn moeder.

'Waarom niet?' vroeg V.

'Omdat het voorbij is,' snauwde ik. 'Bovendien betekende hij niet zoveel voor me. Hij was gewoon een jongen.'

'Interessant,' zei V.

Ik boog me naar mijn moeder toe en sloeg een bladzijde om.

Toen ik later die avond in de badkamer mijn tanden stond te flossen, kwam V binnen en ging op het deksel van het toilet zitten.

'Ik kan er met mijn verstand niet bij dat Aimee me naar dat verdomde Brockport heeft verbannen,' zei ze.

Hoewel ik zelf bijna niet kan wachten totdat ik naar de universiteit ga, ben ik geboren en getogen in Brockport en ik was niet van plan mijn geboorteplaats door V door het slijk te laten halen. 'Wat is er mis met Brockport?'

'Je kunt beter vragen wat er niet mis mee is. Het is hier ijskoud. Het is te afgelegen. Wat is hier in vredesnaam voor leuks te beleven?'

'Het ligt helemaal niet afgelegen. Binnen een halfuur ben je in Rochester.'

V keek me dwars door haar lange pony aan. 'Rochester? Meen je dat nou? Nee, dat meen je toch niet?'

Ik draaide me naar de spiegel en trok het flosdraadje tussen twee kiezen.

'Zo,' zei V. 'En nu zou ik graag willen weten hoe het ermee staat.'

'Waarmee?'

'Met je maagdelijkheid.'

Ik trok zo hard aan het draadje dat het in mijn tandvlees sneed. 'Waar heb je het over?'

'Over het feit dat je nog steeds maagd bent. Dat je in juli achttien wordt en het nog steeds niet gedaan hebt.'

Ik spoog in de wasbak. Er zat bloed in mijn speeksel.

'Eerlijk gezegd,' zei V, 'maak ik me zorgen over je.'

'Dat is echt niet nodig,' zei ik. 'En bovendien weet je helemaal niets van me. Anders dan jij hou ik sommige dingen liever voor mezelf.'

'Er valt niets voor jezelf te houden, want je hebt het niet gedaan met die Travis Hart.'

'Hoe weet je dat zo zeker?'

'Door de manier waarop je over hem sprak,' zei V. 'Je bent... laat me eens raden... tot het tweede honk gekomen. Misschien heeft hij je een beetje gepusht tot het derde honk. Oh ja, ik weet zeker dat je een keer bijna bent gezwicht. Maar daar ben je toen zo van geschrokken dat je jezelf hebt gezworen nooit van je leven meer een piemel aan te raken.'

Hoe wist V dit? Ik heb dit nog nooit aan iemand verteld en V is nog maar net aangekomen en slaat meteen de spijker op zijn kop.

V glimlachte. 'Ik heb gelijk, hè? Ik wist het.'

'Wil je alsjeblieft weggaan?'

V stond op en verliet zingend de badkamer. 'Ik heb gelijk. Ik heb altijd gelijk. Ik heb altijijijijd gelijk.'

Ik sloeg de deur achter haar dicht en draaide hem op slot.

3

De volgende ochtend reed V met me mee naar school. We repten met geen woord over de avond ervoor. Sterker nog, we zeiden helemaal niets. Ik ergerde me zoals gewoonlijk aan de voetstaps rijdende bussen die de twee kilometer lange rit van ons huis naar school tot een regelrechte ramp maakten. En hoe ik de blazers ook afstelde, de voorruit besloeg telkens opnieuw.

V staarde door het raampje naar de bevroren voetbalvelden. Ze droeg een blauw pilotenjack en knipte met haar duim een plastic aansteker aan en uit. Ook daar ergerde ik me aan, maar ik zei er niets van omdat ik haar niet uit de tent wilde lokken.

Toen we op school aankwamen, was de bel al voor de eerste keer gegaan. Ik bracht V naar de administratie en stelde haar voor aan Rosemary, de secretaresse. Ik kom er vaak voor meneer Bonavoglia, ook wel bekend als meneer B. Hij is de plaatsvervangend rector van onze school en gaat over leerlingenzaken.

'Vivienne Vail Valentine,' kweelde Rosemary. Ze heeft gepermanent haar en een onverwoestbaar goed humeur. 'Je gegevens zijn gisteren al vanuit Californië hierheen gefaxt. We zijn blij nog een Valentine op Brockport High School te mogen verwelkomen, want Mara heeft hier een uitstekende naam. En jij bent ook al zo lang! Speel je soms basketbal?'

Dat wordt mij ook altijd gevraagd. Net zoals iedereen altijd aan me vraagt of ik een hartenbreker ben, omdat mijn achternaam Valentine is. Ik erger me altijd dood aan die vragen. Voor alle duidelijkheid: de antwoorden luiden respectievelijk 'nee' en 'absoluut niet'.

'Noem me maar gewoon V,' zei V. Ze stond met haar handen in de zakken van haar jack. Op weg naar school had ik gezien dat het *fuck everyone* op haar vingers bijna niet meer te lezen was.

'V,' herhaalde Rosemary. 'Ik zal proberen het te onthouden. Eh, hoe zit het ook weer... Op welke manier zijn jullie ook weer familie van elkaar?'

'V is mijn...' Ik zweeg.

'Nichtje,' vulde V aan. 'Mara is mijn tante.'

'Je tante?'

'Ik heb een zus die bijna twintig jaar ouder is dan ik,' zei ik snel. 'Ze is de moeder van V.'

'Een zus van dezelfde ouders?'

Waarom zijn mensen toch altijd zo nieuwsgierig? Wat ze niet zeggen maar denken is: *Deden je ouders het na twee decennia nog altijd met elkaar?* De brutaliteit.

V wilde net iets gaan zeggen, toen de bel voor de tweede keer ging.

'Bijna tijd voor de mededelingen!' riep Rosemary uit. 'Ik zal meteen even je gegevens erbij pakken, Vivi... Ik bedoel, V.'

Rosemary liep een andere kamer in. V pakte een menukaart van de kantine en begon zichzelf koelte toe te wuiven. 'Verdomme, ik zweet me kapot,' zei ze.

25

Ik keek om me heen om te zien of iemand haar had gehoord. V ritste haar pilotenjack open, trok het uit en hing het over haar arm.

Oh mijn god.

Geen wonder dat ze vanmorgen haar jas al aanhad toen ze de keuken binnenkwam. Ze droeg een knalroze topje met het opschrift I'M JUST A GIRL WHO CAIN'T SAY NO. Tot overmaat van ramp had ze vandaag weer geen beha aan en waren haar twee dingesen door de kou duidelijk te zien onder haar T-shirt.

'Wat heb je nou voor topje aan?' siste ik.

'Hoe bedoel je?'

'Wat voor indruk denk je dat je daarmee maakt?'

'Wil ik indruk maken dan?'

Ik hing mijn tas om mijn andere schouder en wierp een blik op de klok. Nog drie minuten om me op tijd te kunnen melden.

Mevrouw Green kwam het kantoortje binnen. Ze is een van de jongste docenten bij ons op school. Ze geeft Engels in de vierde klas en regisseert de schooltoneelstukken. Vandaar dat ze altijd wordt omringd door acteurs in spe die een wit voetje bij haar proberen te halen in de hoop een hoofdrol in de wacht te kunnen slepen.

Mevrouw Green wuifde naar me en keek toen naar V. 'Ben jij nieuw hier?'

'Ja, ik ben familie van Mara. Ze is mijn tante,' zei ze.

Ik kromp ineen. Waarom zei ze niet gewoon dat ze een nichtje van me was? Een vérre nicht.

Maar het enige wat mevrouw Green zei, was: 'Leuk topje. Dat is toch van Ado Annie?'

V glimlachte. 'U kent Ado Annie?'

'Natuurlijk.' Mevrouw Green liep naar haar postvakje en haalde er een paar enveloppen uit.

Ik had geen idee waar het over ging en omdat ik niet te laat wilde komen, trommelde ik met mijn vingers op de balie. 'Ik moet gaan,' zei ik. 'Rosemary stuurt je dadelijk wel naar iemand die je je rooster zal uitleggen. Oké?'

V beet op haar duimnagel. '*I cain't say no.*'

De rest van de dag zag ik V niet. Ik ging aan het begin van de middag naar de universiteit voor het vak statistiek, dat ik elke dinsdag en donderdag heb, at een biologische reep chocola en hield me de rest van de middag schuil in de Drake Memorial Bibliotheek. Ik was net uitspraken van het hooggerechtshof uit mijn hoofd aan het leren voor de toets staatsinrichting die ik de volgende dag zou hebben, toen het trilalarm van mijn mobiele telefoon afging op de tafel.

Ik keek op het schermpje naar het nummer. Mijn vader. Mijn ouders en ik hebben een speciaal gezinsabonnement voor onze mobiele telefoons zodat we elkaar gratis kunnen bellen. Ze bellen regelmatig om te checken waar ik uithang maar dat vind ik niet erg omdat ik toch nooit iets stiekem doe.

Ik drukte de 'antwoordknop' in en zei hallo.

'Mara?' vroeg mijn vader. Hij vraagt altijd of ik het ben, terwijl hij dat weet omdat hij mijn nummer heeft gebeld. 'Waar ben je?'

'In de universiteitsbibliotheek,' zei ik op gedempte toon. 'Ik kan niet lang bellen.'

'Oh, oké,' zei mijn vader. 'Ik ben net terug van Wegmans en

mama is van haar werk op weg naar huis. Kom je zo naar huis?'

'Hoe laat is het?'

'Halfzeven.'

Ik zou die avond bij de Common Grounds werken, maar ik hoefde pas om halfacht te beginnen. Ik kon dus nog makkelijk thuis gaan eten, want ik rij in vijf minuten van de universiteit naar huis. Maar ik had weinig zin om met V aan tafel te moeten zitten. Bovendien zou de toets staatsinrichting vijftien procent van mijn eindcijfer uitmaken en ik wilde Travis per se de loef afsteken.

'Ik blijf nog even studeren. Ik ga van hieruit naar mijn werk.'

'Wat eet je dan?'

'Ik haal wel iets bij Mythos,' zei ik. Mythos is een Grieks restaurantje tegenover de Common Grounds, dat ook veganistische maaltijden verkoopt.

'Heb je genoeg geld bij je?'

'Ja, hoor.'

'Het is al donker buiten. Wees voorzichtig als je naar de auto loopt.'

'Zal ik doen.'

'Oké, lieverd. Amuseer je. Je moeder en ik slapen waarschijnlijk al als je thuiskomt, maar we zullen de buitenlampen aan laten.'

Het was reuzegezellig in de Common Grounds. Het zat er de hele avond bomvol. Studenten werkten hun dagboek bij achter een kop indiaanse thee. Daklozen, die onder een straatlantaarn 'Hacky Sack' speelden op het besneeuwde trottoir, kwamen om de zo veel tijd een espresso halen. Types van middelbare leeftijd nuttigden het meest paradoxale dessert dat je je kunt voorstellen: cafeïnevrije, caloriearme cappuccino met karamelcake. Maar de leukste klanten vind ik altijd de internetdaters.

Claudia en ik vermaken ons kostelijk met hen. Claudia Johns is derdejaarsstudent aan de universiteit van Brockport. We hebben altijd samen dienst en hebben ons het afgelopen jaar gespecialiseerd in het herkennen van internetliefdes.

'Moederskindje van twintig zoekt, eh, moederfiguur,' zei Claudia onlangs toen een nerd de deur openhield voor een mollige vrouw die zeker tien jaar ouder was dan hij.

Ik voegde eraan toe: 'Ik hou van strandwandelingen, etentjes bij kaarslicht en 's avonds voorgelezen worden uit *Pieter Konijn*.'

Claudia grinnikte. 'En waar denk je dat die vrouw op uit is?'

Ik dacht even na en zei toen: 'Op een ring om haar vinger, voordat haar biologische klok afloopt.'

Claudia en ik proestten het uit. We kalmeerden pas toen James, onze baas, ons berispte omdat we de draak staken met de klanten. 'Laten we het een beetje discreet houden,' zei hij. 'Straks raken we onze peperdure koffie niet meer kwijt.'

Het is vreemd om van James te zeggen dat hij onze baas is. Eigenlijk is hij meer een vriend. James McCloskey is tweeëntwintig jaar oud en eigenaar van de Common Grounds. Hij opende het café toen hij nog maar net negentien was. Ik probeer hem constant duidelijk te maken dat hij een enorm wonderkind is, want het is niet bepaald een armoedige tent. De zaak is schaars verlicht, met een trendy bakstenen muur, handbeschilderde tafels en een uitstekend werkende antieke koffiebrander.

Het is me nog steeds niet helemaal duidelijk waarom James nooit is gaan studeren. Hij is een van de intelligentste mensen die ik ken. We discussiëren altijd samen over vragen als wanneer iets kunst is en op welke manier reclame ons leven beïnvloedt, ook al zijn we er nog zo van overtuigd dat dat niet zo is. Hij denkt diep na over dingen en vormt zijn eigen mening, in plaats van alleen maar een artikel te lezen en te reproduceren, zoals ik eigenlijk altijd doe.

Die donderdagavond kwam Claudia overstuur op haar werk omdat een tachtigjarige bestuurder haar bijna overhoop had gereden terwijl ze Holley Street overstak. Het incident was voor James en mij aanleiding om ons af te vragen of het rijbewijs van bejaarde burgers niet automatisch ingevorderd zou moeten worden. Ik zat op de kruk achter de bar. Omdat ik groter ben dan Claudia en James ga ik er meestal bij zitten als ik met hen praat. Ik zei zoiets als: 'Onze opa's en oma's zijn een gevaar voor zichzelf en voor anderen. Wie gaat er nu met vijftig kilometer per uur de snelweg op?' James bleef volhouden dat de meeste ouderen prima rijden, maar dat hun rijvaardigheid jaarlijks getoetst zou moeten worden.

Na tien minuten begon Claudia zo luidruchtig koffiebonen te malen dat we ons niet meer verstaanbaar konden maken. 'Willen jullie er alsjeblieft over ophouden?' schreeuwde ze. 'Ík ben degene die vanavond aan de dood is ontsnapt, niet jullie.' Ik schoot in de lach. Dat is precies de reden waarom ik het zo naar mijn zin heb bij de Common Grounds. Ik ben hier niet steeds met mezelf bezig. Ik heb het baantje aangenomen omdat het goed staat op mijn studieaanvraag, maar inmiddels betekent het werk veel meer voor me. Als ik koffie serveer en een beetje loop te dollen met Claudia en James, voel ik me een ander mens. Ik denk voor de afwisseling eens aan andere dingen dan mijn cijfergemiddelde, analyseer niet elk gesprek dood en ben niet constant bezig met mijn plannen voor de komende weken, maanden, jaren.

Rond halftien was James achter in het café in de weer met de koffiebrander. Claudia was een pot Mocha Java aan het zetten. Terwijl ik multireiniger op de bar sprayde en een koffievlek begon weg te poetsen, kwam er een dikke man het café binnen. Hij droeg een zwartleren jack en had een patserige gouden oorbel in zijn linkeroorlel. Enkele passen achter hem liep een klein blond vrouwtje van begin dertig, dat met haar handen voor haar gezicht wapperde alsof ze bang was te worden herkend.

'Onlangs gescheiden man brengt bezoekje aan Tattoo Bob alvorens zich op de huwelijksmarkt te storten,' fluisterde ik tegen Claudia terwijl ik een prop keukenpapier in de afvalemmer gooide.

Toen Claudia in de richting van de man keek, zag ik dat ze haar dropzwarte haren had samengebonden in een slordige paardenstaart. Dat is niets voor Claudia. Ze heeft een jaloersmakende bos steile, glanzende lokken. Ik ben van haar gewend dat ze met een borstel in haar hand naar het toilet vliegt en haar haren los over haar schouders schudt.

'En die vrouw?' vroeg ik. 'Wat ziet die blonde vrouw in die man?'

'Die blonde vrouw... die blonde vrouw...' Claudia staarde voor zich uit, alsof ze diep nadacht. Toen kreunde ze en zei: 'Sorry, maar ik sta de hele dag te dromen. Ik kan niet meer helder denken.'

'Is het zo erg?'

Claudia knikte somber.

'Oh, Claud,' zei ik. 'Wanneer ga je het hem zeggen?'

Claudia haalde haar schouders op. 'Ik weet het niet. Ik heb toch genoeg hints gegeven, dacht ik zo. Als hij het nu nog niet doorheeft, is het gewoon niet wederzijds.'

Claudia had het over James. Dat is Het Grote Geheim van de Common Grounds. Vanaf het eerste moment dat we hier beiden kwamen werken, is Claudia smoorverliefd op James. Ze lacht om alles wat hij zegt, geeft hem complimentjes over zijn truien en neemt blikjes kippensoep voor hem mee zodra hij een beetje pips om de neus ziet. Hij is altijd heel aardig tegen haar. Maar goed, hij is aardig tegen iedereen, dus ik ben er nog niet achter of hij ook verliefd op háár is.

James is acht centimeter kleiner dan ik, wat hem de perfecte gegadigde voor Claudia maakt. Hij heeft brede schouders, een leuke glimlach en halflang kastanjebruin haar dat hij meestal in een staartje draagt. Claudia zegt dat zijn jukbeenderen er goed door uitkomen, maar ik heb niets met mannen met staartjes.

De blonde vrouw en de man met het leren jasje waren bijna bij de bar. Ik wierp een vluchtige blik op James. Hij stond nog steeds bij de koffiebrander. Ik zou zweren dat hij naar me stond te kijken, want we maakten heel even oogcontact. Toen hij wegkeek, kreeg ik een raar gevoel in mijn buik.

Claudia schonk de klanten koffie in. Ik sloeg de bestelling aan op de kassa.

Toen ze naar een vrij tafeltje liepen, wendde ik me weer tot Claudia en zei: 'Knappe zwartharige werkneemster bij de Common Grounds heeft eindelijk voldoende moed verzameld om haar baas te zeggen wat ze voor hem voelt...'

Claudia begon te jammeren. 'En verliest vervolgens haar baan én haar gezicht.'

'Ik wilde iets anders zeggen.'

'Wat dan?'

'En wie weet, is het wederzijds.'

'Denk je echt dat ik kans maak?'

'Nee heb je, ja kun je krijgen.'

'Dank je, Mara,' zei Claudia terwijl ze haar handen afdroogde aan een theedoek. 'Dat is wat ik wilde horen.'

4

Toen Ash Robinson de volgende ochtend naar mijn kluisje toe liep, wist ik dat er iets aan de hand was. Ash is de roddelkoningin van de school. Ze komt alleen maar naar me toe als ze behoefte heeft aan achterklap. Toen Travis me in april had gedumpt, stuurde ze me een e-mail waarin ze me uitnodigde mee naar een theatervoorstelling te gaan. Van de kassa tot aan de foyer bestookte ze me met vragen. 'Had hij iemand anders? Ben je niet gebroken? Ben je niet razend?' Toen de lichten in het theater gedimd werden, liet ze me eindelijk met rust om vervolgens gretig om zich heen te kijken op zoek naar bekende gezichten van school.

'Hé, Mara.' Ash leunde tegen het kluisje naast het mijne.

'Hoi, Ash.' Ik sloot mijn boek. Het eerste uur had ik een toets staatsinrichting, waarvoor ik nog snel iets wilde nakijken. 'Wat is er?'

'Ik vroeg me af of je het al gehoord had. Ik heb liever niet dat je het van eh... de verkeerde persoon te horen krijgt.'

Bingo.

'Wat dan?'

'Over je... eh... Wat is ze eigenlijk van je? Die V?'

'Dat is een lang verhaal, maar ik heb nog een veel oudere zus...'

'Laat maar,' zei ze. 'Het gaat over haar en Travis Hart.'
'Wat zeg je?'
'Over V en Travis. Ze hebben...' – Ash boog zich zo dicht naar me toe dat ik de geur van pepermuntkauwgom uit haar mond kon ruiken – '... gisteren gezoend.'
Ik was met stomheid geslagen. Mijn hart ging als een dolle tekeer terwijl Ash vertelde dat Travis en V het vierde uur samen gymles hadden. Hoewel Ash er zelf niet bij was geweest, had ze uit zeer betrouwbare bronnen vernomen dat V, omdat ze geen gymkleren bij zich had, op de tribune had moeten zitten, waar de shuttles haar om de oren vlogen. Na enkele minuten had Travis zijn badmintonpartner in de steek gelaten om zich op te werpen als V's eenmanswelkomstcomité. Omdat Travis klassenvertegenwoordiger is, kan hij bijna overal mee wegkomen, terwijl ik, als penningmeester van de klas, hoogstens een dollar uit de kantinekas kan lenen als ik geld tekortkom. Niet dat ik ooit in de kantine eet, maar daar gaat het nu niet om.
Niemand wist met zekerheid te zeggen of Travis van tevoren wist dat V familie van me was, maar iemand had hem horen lachen en zeggen: 'Dus jij kunt geen nee zeggen?' Iemand anders zag haar zijn hoofd strelen, precies op de plek waar zijn haren pas zijn opgeschoren. Toen diegene even later nog eens keek, waren Travis en V verdwenen. Aan het einde van de gymles ging Ted Papazian naar de jongenskleedkamer, waar hij gefluister in de douches hoorde, toen hij in een van de cabines keek, zag hij Travis bezig met een groot, langharig meisje in een roze topje.
Inmiddels puilden Ash' ogen uit haar kassen. 'Zoenen,' zei ze, 'voelen, alles. Ze stonden elkaar gewoon op te vrijen.'

'Heeft Ted iets tegen ze gezegd?'

'Nee, hij is er snel vandoor gegaan. Hij wilde niet als een eh... soort gluurder overkomen.'

'Heeft iemand het er later nog met Travis over gehad?'

Ash schudde haar hoofd. 'Hij is meteen na de gymles naar de universiteit gegaan, dus niemand heeft hem die dag nog gezien.'

'Denk je dat ze...?'

Ze haalde haar schouders op. 'Ik geef je alleen de feiten door. Ik wil geen conclusies trekken.'

De eerste bel ging. Om me heen werden de kluisjes met een klap dichtgegooid en liepen de leerlingen naar hun lokalen. Ik had een brok in mijn keel, alsof ik moest huilen. Ik haalde een paar keer diep adem.

'Het spijt me, Mara,' zei Ash, terwijl ze me op de arm klopte. 'Ik kon het zelf ook bijna niet geloven. Van je familie kun je tegenwoordig ook niet meer op aan.'

Ik klemde mijn boek tegen mijn borst en begon te huilen. Ash haalde een pakje Kleenex uit haar tas en gaf me een zakdoekje. Ze had zich er kennelijk op voorbereid.

Tijdens het eerste uur was ik alleen maar bezig mijn tranen te bedwingen. Het tweede uur was nog erger. Ik kon me niet concentreren op de toets staatsinrichting. Ik haalde alle uitspraken van het hooggerechtshof door elkaar en kon niet meer op de naam van de staat komen waar zo veel gedoe was geweest rond de verkiezingsuitslag van Bush en Gore. Dat Travis, met zijn opgeschoren hoofd gebogen boven zijn papier, drie banken voor me zat, maakte het alleen nog maar erger. De woorden van Ash bleven door mijn hoofd spoken:

zoenen, voelen, alles. Zoenen, voelen, alles. Zoenen, voelen, alles. Ze stonden elkaar gewoon op te vrijen. Toen de bel ging, leverde ik mijn werk in en stormde het lokaal uit, in de hoop dat Travis me niet achterna zou komen. Al vanaf de derde klas vergelijken Travis en ik elk cijfer met elkaar, of het nu voor een popquiz of een afsluitend examen is. Ik weet precies wat hij voor zijn toelatingsexamen voor de universiteit heeft gehaald. En hij weet precies dat ik bij het onderdeel Engelse Regenten een domme spelfout heb gemaakt, die ik gelukkig heb gecompenseerd door goed te scoren op het onderdeel tekstverklaring. Eigenlijk is het ongezond zoals we elkaars obsessie met cijfers in stand houden, maar intussen hebben we het wel tot Princeton respectievelijk Yale geschopt, dus je zult mij niet horen klagen.

Met een grijns op zijn gezicht haalde Travis me in. 'Die tweede vraag wist ik echt niet, totdat het me ineens te binnen schoot. Brown versus de Onderwijsraad. Daarna was het een makkie. Hoe heb jij het gemaakt?'

Ik schudde mijn hoofd. Ik was er met mijn gedachten eigenlijk niet bij. Het kwam niet eens in me op dat ik – shit! – per abuis Wade versus de Onderwijsraad had opgeschreven. Ik vroeg me af of Travis nu echt een plank voor zijn kop had. Dacht hij soms dat ik het niet wist? En stel dat ik het niet wist, hoe kon hij dan de ene dag V op staan te vrijen en de volgende dag tegen mij doen alsof er niets was gebeurd?

'Is er iets, Valentine?' vroeg Travis. 'Heb je het verknald of zo?'

Ik ging sneller lopen.

'Dus je hebt het echt verknald,' zei Travis terwijl hij me probeerde bij te houden. 'Da's aardig van je. Ik lig nu dik op je voor met mijn gemiddelde. Ik proef de afscheidsrede al op mijn tong. Mmm, mmm...'

Met een ruk draaide ik me naar hem toe. 'Hou alsjeblíéft je mond.'

'Ik maak maar een grapje. Je weet toch hoe we altijd...'

'Heb je me niet gehoord soms? Ik heb geen zin om nu met je te praten.'

'Wat is er met je aan de hand? Moet je ongesteld worden of zo?'

Ik balde mijn vuisten. 'Weet je echt niet wat er aan de hand is?'

Hij schudde zijn hoofd.

'Weet je wat het met jou is? Je hebt geen geweten,' snauwde ik.

Vervolgens liep ik van hem weg. Ik stormde de trap af en rende door de gang van de Engelse sectie. Pas toen ik er zeker van was dat ik Travis ver achter me had gelaten, begon ik rustiger te lopen.

Na het vierde uur kookte ik nog steeds van woede. Ik ging naar huis, at een boterham met pindakaas zonder er iets van te proeven en ging naar mijn kamer om mijn e-mail te lezen. Ash had me met haar mobieltje een mailtje gestuurd, waarin ze zei dat ik haar moest bellen of mailen als ik wilde praten. Alsof ik daar zin in heb, dacht ik bij mezelf, terwijl ik het bericht wiste. Vervolgens wiste ik ongeveer veertien e-mails waarin me viagra en hypotheekregelingen werden aangeboden. Toen viel mijn oog op een e-mail van Bethany Madison. Zo te zien had ze dat ongeveer een kwartier geleden verstuurd.

Hoi Mara

Lang geleden dat ik iets van je hoorde... Ik hoop dat je adres nog steeds hetzelfde is. Ik hoorde van Ash dat je vanochtend nogal van streek was. Laat het geroddel maar aan Ash over. Hoewel... Lindsey was er ook bij in de gymzaal, en het schijnt dus echt waar te zijn. Travis is een klootzak en dat mag je hem gerust namens mij vertellen. Als je wilt praten, kun je me altijd bellen. Het is zo lang geleden. Het lijkt soms wel alsof je al op Yale zit.
Bethany

Net toen ik Bethany wilde antwoorden, kwam er een msn-bericht binnen van TravisRox188.

Heuj Valentine. Ben je daar?

Wat moet je? Ik sloeg hard op de toetsen terwijl ik typte.

Ben op de universiteit. Ga zo naar de les. Ben nog steeds op zoek naar mijn geweten...

Weet je echt niet wat ik bedoel?

Anders zou ik het je toch niet vragen?

Ik was vergeten dat Travis altijd van die vervelende, knipperende smileys aan zijn berichten toevoegde. Ik werd al kwaad als ik ernaar keek.

Zegt de 22ste letter van het alfabet je soms iets? schreef ik.

Gedurende een ogenblik kwam er geen antwoord. Ik stelde me voor dat hij op zijn vingers het alfabet afging, dus schreef ik snel: V, idioot.

Bedoel je je... Wat is ze ook alweer van je?

Ik ga je heus mijn stamboom niet geven, je had van haar af moeten blijven.

Tja, schreef Travis terug. *Ik hou nu eenmaal van lange meisjes die Valentine van hun achternaam heten.*

Het is ziek, het is bijna incest!!! typte ik.

Wat ik doe en met wie, gaat jou niks aan. Vergeet niet dat we al bijna een jaar uit elkaar zijn.

Ai. Ik beet op mijn tong en schreef: *Je kunt doen wat je wilt, maar er zijn grenzen. Sommige dingen doe je gewoon niet.*

Travis antwoordde even niet. Ik stond op het punt uit te loggen, toen er nog een zinnetje op het scherm verscheen.

Je bent nog geen steek veranderd.

Ik had bijna mijn nietmachine door het beeldscherm gegooid, maar in plaats daarvan pakte ik mijn autosleutels en mijn mobieltje en rende naar mijn auto. Ik gunde Travis de afscheidsrede al niet, maar nu hoopte ik echt dat ook de tweede plaats aan zijn neus voorbij zou gaan. Hij kon wat mij betreft geruisloos afreizen naar Princeton.

En wat V betreft, ik was zo kwaad op haar dat ik niet eens aan haar kon denken.

Ik was nog steeds woedend toen ik bij de universiteit aankwam voor mijn les improvisatiedans. Dat was niet zo handig, want zelfs als ik in een goede bui ben, heb ik een hekel aan deze les. Ik wou dat ik me er nooit voor opgegeven had, maar omdat het dansprogramma op de universiteit van Brockport een uitstekende reputatie heeft, had ik gedacht daarvan een graantje te moeten meepikken. Stom achteraf.

De les wordt gegeven door meneer Hendrick. Tientallen jaren geleden heeft hij eens meegedaan aan een Broadway-musical, waardoor hij zich heel wat verbeeldt. Daar is geen enkele reden voor, want hij zweet als een ijsklontje op een warme zomerdag.

Tot nu toe heb ik vier lessen gehad dit semester en elke les roept hij voortdurend dingen als: Dans als een dennenboom. Dans alsof je in de put zit. Dans als een jong vogeltje. Terwijl in de hoek van het lokaal een jongen op een trommel roffelt, volgen de studenten de aanwijzingen van meneer Hendrick op: ze deinen heen en weer, ze laten hun schouders hangen of ze tjilpen als een pasgeboren vogeltje.

Vandaag ging het niet anders. Toen we onze rek- en strekoefeningen hadden gedaan, schreeuwde meneer Hendrick: 'Dans als een gazelle die door de wildernis van Afrika springt!'

De jongen sloeg ritmisch op de trommel. Iedereen begon door de zaal te springen. Ik sleepte me achter hen aan, meer als een hert door het bos. Een aangeschoten hert, welteverstaan. Misschien was ik wel te gespannen, want op de een of andere manier kon ik me er niet toe zetten me helemaal over te geven.

Meneer Hendrick liep achter ons aan. Zijn voorhoofd glom van het zweet. 'Dans als popcorn dat knettert in de hete olie!' Iedereen begon wilde bewegingen te maken, maar ik bewoog alleen een beetje met mijn armen. Ik wierp een blik in de spiegel. Ik zag eruit alsof ik een toeval had gekregen.

'Sluit nu je ogen en beweeg je alsof je dolblij bent. Op je eigen manier.'

Ik sloot mijn ogen. De jongen begon koortsachtig te drummen. Ik bleef twee seconden met gesloten ogen staan en keek vervolgens door mijn oogharen naar de rest van de groep. Iedereen sprong in het rond en maakte wervelende bewegingen. Zelfs meneer Hendrick draafde met gesloten ogen door de zaal. Het zweet droop onder zijn oksels vandaan.

Toen hij ineens zijn ogen opendeed, was ik natuurlijk de klos.

'Mejuffrouw Valentine, waarom beweegt u zich niet blij?'
Terwijl mijn klasgenoten heen en weer deinden en de jongen op zijn trommel sloeg, staarde ik meneer Hendrick aan. Blij? Uitgerekend vandaag? Moet ik echt dansen alsof ik blij ben? Ik ben helemaal geen blij type. Natuurlijk ben ik blij als ik een goed cijfer haal of als iemand me een complimentje geeft over mijn kleding, maar als je op zoek bent naar een soort Mary Poppins of de familie Von Trapp, ben je bij mij aan het verkeerde adres.

Meneer Hendrick en ik keken elkaar enkele ogenblikken aan, waarna hij de klas toeschreeuwde: 'Stop met deze opdracht en dans nu alsof je een radijsje bent. Niet die treurige, in plastic verpakte radijsjes uit de supermarkt, maar radijsjes uit de tuin. Een rijke, vruchtbare tuin vol radijzen.'

Die man was echt gestoord.

Toen ik thuiskwam, stond V in de keuken melk rechtstreeks uit het pak te drinken.

'Doe dat niet,' zei ik. 'Dat is smerig.'

Ze nam nog een paar slokken, voordat ze me glimlachend en met een witte snor op haar bovenlip aankeek. 'Wat kan jou dat schelen? Je drinkt zelf niet eens melk.'

'Nou en? Ik vind het onhygiënisch.' Ik maakte de veters van mijn laarzen los en zette ze in de bijkeuken. 'En trouwens, als je zo je melk drinkt, zul je dat ook wel met het sinaasappelsap en de frisdrank doen.'

'Ja ja, ik ben een echte koelkastslet,' zei V.

'Laat dat koelkast maar weg, dan sla je de spijker helemaal op zijn kop.'

V haalde een rol gevulde biscuitjes uit de kast. Ze pakte er een uit, spleet hem doormidden en schraapte de vulling er met haar tanden af. 'Waar heb je het over?'

'Over Travis Hart.'

'Heet-ie zo?' V ging op een kruk zitten. 'Ik kon er niet meer op komen.'

Ik had het gevoel alsof iemand me in mijn maag stompte. 'Dus het is waar?' vroeg ik, kokend van woede. 'Jij en Travis... in de kleedkamer gisteren?'

V brak nog een biscuitje in tweeën en begon de vulling er weer af te schrapen. De koekjes at ze niet, ze likte ze alleen schoon en legde ze in een rij op het aanrecht.

'Je wist toch dat ik vorig jaar iets met hem heb gehad?' zei ik. Mijn stem klonk furieus. 'Hoe kon je dat dan doen?'

'Je zei zelf dat hij niets meer voor je betekende.'

'Dat wil niet zeggen dat je zoiets zomaar kunt doen,' snauwde ik.

V zei niets en likte nog een keer alle koekjes schoon en maakte er vervolgens een stapeltje van.

'Ik kan er nog steeds niet met mijn verstand bij dat je op je eerste dag op míjn school míjn ex-vriendje van me afpakt.'

'Met de nadruk op het woord éx,' zei V met een sarcastisch lachje. 'Hij is je eigendom niet.'

Ik rende naar haar toe met de bedoeling haar een schop te geven, maar in plaats daarvan schopte ik de kruk naast haar tegen de vloer. Daarna vloog ik de keuken uit, rende naar mijn slaapkamer en sloeg de deur met een klap in het slot.

Ik bleef bijna een halfuur op mijn kamer. Ik maakte twee keurige stapels van de paperassen op mijn bureau. Ik zette mijn pennen en markeerstiften in de plastic beker van de leerlingenraad, die ik twee zomers geleden gekregen had tijdens een bijeenkomst met als thema 'leiderschap'. Ik ruimde mijn kast op. Ik hing al mijn kleren netjes op een hangertje, sorteerde mijn schoenen en haalde de truien weg die per ongeluk op de plank met T-shirts beland waren.

Ik bleef maar piekeren over de dingen die ik tegen V had willen zeggen. Dat er zoiets als goed en kwaad bestaat en dat wat zij had gedaan zonder meer in de categorie kwaad valt. Dat je vrienden en zelfs je familie belangrijker zijn dan je hormonen. Dat ze mij heeft verraden door Travis te versieren en dat ik haar dat nooit zal kunnen vergeven.

Toen ik het allemaal op een rijtje had, ging ik naar de woonkamer om haar eens flink de les te lezen, maar daar was ze niet. In de keuken evenmin. Ik opende de deur naar de trap die naar de logeerkamer leidt. Op de trap snoof ik de geur van rook op, een zoete, peperachtige geur.

Het was hasj. Mijn god. V zat boven stoned te worden.

Hoewel ik maar één keer in de buurt van mensen ben geweest die hasj rookten, herkende ik de geur meteen. Dat was tijdens een conferentie van de model-VN in Georgetown. We sliepen allemaal in een slaapzaal en toevallig waren het de scholieren uit Nederland die hasj bij zich hadden. Een paar teamgenoten van mij deden mee, maar ik heb het niet eens geprobeerd. En niet alleen omdat ik de voorzitter van de Gifvrije Gala's ben, hoewel ik in die positie natuurlijk een vreemd figuur zou hebben geslagen als men erachter zou komen. Wat me tegenstond, was het idee dat ik de controle zou verliezen, dat ik mijn emoties niet zou kunnen bedwingen, dat ik een lachkick zou krijgen of om niets zou moeten huilen, zoals het meisje dat IJsland vertegenwoordigde.

Ik bleef even op de overloop staan. Er kwam me weer een walm rook tegemoet. Dus ik had gelijk gekregen over de nieuwe slechte gewoonte die V in San Diego had opgedaan. Haar rugzak van hennepstof had me meteen al te denken gegeven.

Toen ik me omdraaide om naar beneden te gaan, deed V de deur op een kier open en schreeuwde: 'Als je hier iets over zegt tegen opa en oma, vermoord ik je!'

'En nu moet ik zeker bang zijn,' zei ik.

V sloeg de deur van haar kamer met een klap dicht en ik die van de trap. Plotseling realiseerde ik me dat ik de afgelopen achtenveertig uur vaker met deuren had geslagen dan in een heel jaar.

5

V en ik wisselden het hele weekend geen woord met elkaar. Ze was veel met mijn ouders weg. En áls ze thuis was, was ik aan het werk bij de Common Grounds, aan het studeren in de bibliotheek van de universiteit of lange wandelingen aan het maken in de winterse vrieskou. Alles om maar niet bij haar in de buurt te hoeven zijn.

Op maandag was het Martin Luther King-dag. De scholen en de universiteiten waren gesloten, maar voor mijn ouders was het een gewone werkdag. Toen ik rond negen uur opstond, waren ze al weg. V lag nog te slapen. Ik at snel een banaan en een bakje cornflakes met sojamelk, en kleedde me warm aan in een jeans, een lang T-shirt, een trui, twee paar sokken, laarzen, een muts, een sjaal, handschoenen en mijn jas. Ik stopte mijn mobieltje in mijn jaszak en vertrok.

De lucht was helderblauw en er stond een ijskoude wind. Ik liep door de stad naar het kanaal, waar ik rechts afsloeg en over het jaagpad bijna helemaal tot aan Adam's Basin liep. Al die tijd kwam ik alleen een vrouw van middelbare leeftijd met een golden retriever tegen. We wuifden naar elkaar. Gelukkig probeerde ze geen gesprek aan te knopen, want ik was niet in de stemming voor een praatje.

Mijn mobieltje ging. Ik haalde hem uit mijn jaszak, keek naar het nummer en tikte met mijn gehandschoende vinger de antwoordknop in.

'Hoi, mam.'

'Waar ben je, lieverd? Papa had V net aan de telefoon. Ze zei dat je al weg was toen ze opstond. Zit je in de bibliotheek?'

'Ik maak een wandeling langs het kanaal.'

'Wát ben je aan het doen? Langs het kanaal aan het wandelen?'

'Ja.'

'Lieverd, het is tien graden onder nul. En dan die gure wind. Is alles goed met je?'

'Ja, hoor.'

'Wil je dat papa je komt ophalen? Hij kan vast wel even een paar minuten weg van zijn werk.'

'Nee,' zei ik. 'Ik heb zin om te lopen.'

Toen ik terugliep naar Brockport, had ik de wind vol in mijn gezicht. Er stond een harde, gure bries vanaf Lake Ontario. Mijn neus liep. Mijn ogen traanden. Mijn wangen tintelden. Mijn vingers deden pijn. En mijn benen waren stijf van de kou.

Jammer genoeg had mijn brein nergens last van.

Ik kon alleen maar aan Travis en V denken, innig verstrengeld in de jongenskleedkamer. En aan wat Travis had gezegd op msn, over dat ik geen steek was veranderd. En aan het verschrikkelijke vooruitzicht dat V voor onbepaalde tijd bij ons zou wonen. Ik kon haar toch niet blíjven ontlopen? Die avond waren mijn ouders met vrienden uit eten in Rochester. V zat televisie te kijken. Ikzelf zat op mijn kamer gedroogde appeltjes te eten en probeerde mijn huiswerk voor statistiek te maken, maar V had het geluid zo hard staan dat ik me niet kon concentreren. Ze was naar een of andere on-nozele comedy aan het kijken en ik kreeg hoofdpijn van het ingeblikte gelach.

Op een gegeven moment ergerde ik me zo aan de lachband dat ik boos de woonkamer binnenstormde, de afstandsbediening van de salontafel griste en het volume zachter zette.

'Wat doe je nou?' vroeg V.

'Je bent toch niet doof.'

'Doe niet zo flauw,' zei V terwijl ze een hap van een bierworstje nam. 'Zo is het lang niet zo grappig.'

Ik nam niet eens de moeite te reageren. Met de afstandsbediening nog in mijn hand, liep ik terug naar mijn slaapkamer. Ik wist dat het kinderachtig van me was, maar V vroeg erom.

V kwam achter me aan en bleef in de deuropening staan. 'Waarom doe je zo vervelend?'

Ik ging aan mijn bureau zitten en staarde in mijn statistiekboek.

'Het is vanwege Travis, hè? Je kunt het nog steeds niet verkroppen.'

Ik klemde mijn kaken op elkaar.

'Je zei dat het niets had betekend,' zei V, bijtend op een nagel. 'Wat niet?'

'Jouw verkering met Travis. Je zei dat het niets had betekend, dus ik dacht... Het was gewoon voor de lol. Of weet je niet wat dat is?'

'Ongelofelijk,' zei ik. 'Nu probeer je de zaak om te draaien, alsof het over míj gaat in plaats van over jou.'

'Ik zeg alleen dat je meer van het leven zou moeten genieten.'

'Ten koste van anderen?'

'Jeetje,' zei V. 'Wat kun jij zeuren.'

Dat was de druppel. Ik had het helemaal gehad met haar.

'Wil je nu mijn kamer uit gaan?'

'Wind je niet zo op, stresskip. Ik zeg alleen...'

Ik gooide de afstandsbediening naar haar hoofd. Ze dook net op tijd weg, zodat hij tegen de muur sloeg en uit elkaar viel.

'Wat kun jij agressief zijn!' riep V uit terwijl ze de gang op vloog.

De batterijen rolden door mijn kamer. Ik staarde ze verbijsterd na. Hoe had mijn rustige leventje in zo'n korte tijd zó kunnen veranderen?

Tot overmaat van ramp waren mijn ouders dol op V. Op dinsdag namen ze allebei 's middags vrij om met haar te gaan winkelen voor een nieuwe garderobe. Zogenaamd omdat V geen geschikte winterkleren had voor de koude oostkust, dus dat verklaarde de truien, de jas, de laarzen en de olijfgroene sjaal. *Allemaal leuk en aardig*, dacht ik bij mezelf, *maar leg me dan ook maar eens uit waarom ze die hippe zwarte broek en vier leuke T-shirts heeft gekregen, om nog maar te zwijgen van die dure dagcrème.*

Toen ik daar iets van zei tegen mijn vader, zei hij dat hij verbaasd was over mijn houding. Hij zei dat ik alles had wat mijn hartje begeerde, terwijl V het altijd erg moeilijk had gehad in haar leven en dat hij en mama de verloren tijd met haar een beetje probeerden in te halen. Zoals hij het zei, klonk het alsof V een soort Assepoester was en ik haar gemene stiefzuster. Hij moest eens weten dat ze mijn ex-prins had geschaakt en op de tweede verdieping van het paleis high werd van iets heel anders dan van de liefde.

V speelde het spelletje met mijn ouders knap mee. Zolang ze

in de buurt waren, gedroeg ze zich poeslief en was ze een en al glimlach. Dan nestelde ze zich tegen mijn vader aan en kamde met haar vingers door zijn wilde witte haardos. En als mijn moeder rugpijn had, hielp ze met de was en de vaat. Ze haalde zelfs twee stapels haardhout uit de kelder. Maar zodra mijn ouders uit het zicht verdwenen waren, werd V weer V. Dan was ze vervelend en luidruchtig. Ze zette het pak melk gewoon aan haar mond. Ik zag haar zelfs een keer een snotkorst uit haar neus peuteren, die ze vervolgens tussen haar duim en haar wijsvinger tot een balletje rolde en door de kamer wegschoot. Bovendien hield ze me voortdurend in de gaten en leverde ze commentaar op alles wat ik in haar ogen fout deed. Ik werd er hoorndol van.

Op woensdagmiddag geef ik altijd vrijwillig bijles aan leerlingen van groep acht. Toen ik die middag laat thuiskwam, vond ik in de brievenbus een dikke envelop van de Johns Hopkins-universiteit, waarin me werd meegedeeld dat ik was aangenomen voor het zomerprogramma. Terwijl ik via de achterdeur naar binnen liep, belde ik mijn moeder op mijn mobiel. V lag onderuitgezakt op de bank televisie te kijken. Omdat het geluid niet al te hard stond, ging ik in de fauteuil zitten en vertelde mijn moeder het goede nieuws. Tien seconden nadat ik had opgehangen, belde mijn vader. Mijn moeder had hem gebeld met het goede nieuws en hij wilde mij feliciteren. Ik had nog niet opgehangen of ik belde hem terug om te vragen of hij op weg naar huis een afhaalmaaltijd van Mythos voor me wilde meebrengen. Terwijl we overlegden wat hij zou bestellen, kwam mijn moeder op de andere lijn binnen en riep uit: 'HIEP HIEP HOERA! Na de zomer heeft onze Mara misschien genoeg studiepunten om in het najaar als TWEEDEJAARS te beginnen op Yale!'

Ik was al even enthousiast en riep dingen als: 'Yes! Joepie! Goed, hè!'

Ik zette mijn mobieltje uit en legde hem op de armleuning. Toen ik opkeek, zag ik dat V me door een gordijn van haren zat aan te staren.

'Wat ziek,' zei ze.

Ik zuchtte. 'Wat nou weer?'

'Hoe jij en je ouders met die mobieltjes doen. Alsof je met een elektronische navelstreng met ze verbonden bent.'

'Wat een onzin! Ik belde ze gewoon om hun het goede nieuws te vertellen. Zoek niet naar dingen die er niet zijn.'

'Het wordt tijd dat je de navelstreng doorknipt,' zei V.

'Hou op.'

V deed alsof ze ter hoogte van haar buik met haar ene hand een navelstreng beetpakte en hem met haar andere hand doorhakte. Ondertussen zong ze: 'Hak 'm door, hak 'm door, hak 'm door!'

De avond daarop stond ik de keuken vegetarische chili te maken, toen V binnen kwam slenteren.

'Doe je er ook gehakt in?' vroeg ze.

Ik ging door met het fijnsnijden van een rood pepertje. 'Wat denk je?'

'Waarom heb je eigenlijk voor dat veganistische gedoe gekozen?'

'Het is geen veganistisch gedoe. Ik ben gewoon veganist. Heel simpel.'

'Maar wáárom? Een mens wil toch zeker van het leven genieten?'

'Er zijn genoeg andere lekkere dingen om te eten dan dode

dieren,' zei ik. Ik hield wijselijk mijn mond over mijn echte reden – Travis vergeten – en zei in plaats daarvan: 'Wist je dat je als vegetariër het leven van zo'n achthonderd kippen, vijf koeien en twintig varkens spaart?'

V lachte. 'Ik denk dat ik in mijn leven wel op tíén koeien kom.' Ik concentreerde me op het rode pepertje en probeerde het in gelijke stukjes te snijden.

'Maar dat verklaart nog niet waarom je geen eieren en zuivelproducten eet,' zei V.

Ik draaide het vuur onder de braadpan hoger en verzamelde de gesneden pepertjes, uien en knoflook. 'Ik eet liever geen dingen die uit een uier of het achterste van een kip komen,' zei ik.

'Eieren komen helemaal niet uit het achterste van een kip,' zei V. 'Eieren komen uit...'

'Dat weet ik ook wel!' Ik deed de groenten in de braadpan. Blijkbaar had ik het vuur te hoog gezet, want de olijfolie spatte in het rond. Terwijl ik in een reflex de pan van het vuur trok, sprong ik naar achter om de spatten te ontwijken.

'Kun je dat woord soms niet uit je mond krijgen?' vroeg V.

'Welk woord?'

'Vagina. Daar komen de eieren namelijk uit. Uit de vagina van de kip.'

De vagina van de kip. Mijn god. V is écht erg.

Ik zuchtte diep. 'Wil je me nu met rust laten? Dadelijk brandt mijn chili nog aan.'

'Ik ga pas als je het woord hardop uitspreekt.' V knipte met haar vingers. 'Toe maar, zeg het dan?'

'Vergeet het maar,' zei ik. Ik voelde een machteloze woede. Om te beginnen wílde ik het woord niet uitspreken en bovendien kón ik het ook niet. Hetzelfde gold voor de mannelijke variant. Alleen al bij het idee die woorden hardop te moeten uitspreken, voelde ik me vies.

V opende de koelkast en haalde er een fles ketchup uit. Ze zette hem als een microfoon aan haar mond en begon te zingen: 'Ooooooooh, kip, waar zit je vagina, vagina, vagina. Kip waar zit je va...'

Juist op dat moment klopte mijn vader op de achterdeur. V stopte onmiddellijk met zingen en draafde met een stralende glimlach naar de deur om hem binnen te laten.

'Hallo, meisjes,' zei hij terwijl hij de sneeuw van zijn schoenen stampte. 'Waar hebben jullie zo'n plezier over?'

Ik keek naar V. Ze knipoogde naar me en zei: 'Mara en ik staan te koken en hadden het over va...'

'Veganisme,' onderbrak ik haar. 'Ze wilde weten waarom ik veganist ben.'

Mijn vader snoof de chiligeuren op. 'Het ruikt heerlijk,' zei hij. 'Wat leuk dat jullie samen aan het koken zijn.'

'Nou, V is anders niet erg behulpzaam.'

'Ik hou je gezelschap,' zei V met een pruillipje. 'Dat is ook belangrijk.'

'Dat is zeker belangrijk,' zei mijn vader terwijl hij een arm om V heen sloeg en haar boven op haar kruin kuste.

'Dank je, opa,' zei V.

'Graag gedaan, lieverd.'

Ik roerde pissig met een pollepel door mijn licht aangebrande groenten. Ze konden allemaal de pot op.

Op school zat het ook al niet mee. Ik had de toets staatsinrichting van afgelopen vrijdag verknald. Nou ja, wat heet verknald. Ik had vierentachtig procent van het totale aantal te halen punten en zou nu zeker één tiende punt zakken in de race om de beste eindexamenleerling van de school te worden. Toen de leraar onze toetsen uitdeelde, bleef ik strak in mijn boek kijken, voor het geval Travis zich zou omdraaien en zijn cijfer naar me zou mimen.

We hadden elkaar sinds die laatste keer op msn niet meer gesproken. Wel had ik nog contact gehad met Ash Robinson, die me wist te vertellen dat het – voor zover zij wist – tussen V en Travis bij één vrijpartij was gebleven. Ash vertelde me dat V had geluncht met Brandon Parker, een sympathieke hasjdealer bij ons op school. Hij is negentien, heeft een perzikkleurige donssnor en had twee jaar geleden eigenlijk al moeten slagen voor zijn eindexamen maar wordt steeds geschorst omdat hij hasj rookt op school. Ash vertelde me ook dat ze uit betrouwbare bron had vernomen dat Travis in het weekend was gezien met een meisje uit het naburige dorp Holley.

'Een enorme jongensgek met een enorme voorgevel en een enorme bos haar,' luidde Ash' omschrijving.

'En hopelijk met een enórme koortslip,' zei ik.

'Mara?' Ash giechelde nerveus. 'Wat klink je zuur. Ben je pissig?'

Ik schudde mijn hoofd. 'Let maar niet op mij, oké?'

Maar dat hele gedoe met Travis zat me behoorlijk dwars. Telkens als ik hem tegenkwam, zag ik hem voor me in een innige omhelzing met V. Ik voelde me terug bij af, zoals in de eerste weken nadat hij me had gedumpt. Toen hoefde ik hem alleen maar te zien of te horen of ik barstte al in tranen uit. Het hielp niet echt dat ik hem dinsdags na school zag tijdens de vergadering van de National Honor Society, waar hij zo ongeveer elk meisje omhelsde, behalve mij. En dat hij net als ik op woensdagmiddag bijles gaf aan groep acht. En dat ik hem op donderdag, voor het begin van de lessen, tegen het lijf liep tijdens de maandelijkse bijeenkomst van de leerlingenraad, waar we op bagels en warme chocolademelk werden getrakteerd. Hij vroeg het woord en kondigde aan dat de eindexamenkandidaten op Valentijnsdag geld wilden inzamelen met het verkopen van snoepharten en dat hij vrijwilligers nodig had om de kraampjes te bemannen. Als penningmeester van de klas zou ik eigenlijk meteen moeten opspringen om leerlingen over te halen zich op te geven, maar in plaats daarvan zakte ik nog dieper weg in mijn stoel. Ik wilde liever niet herinnerd worden aan Valentijnsdag van het jaar daarvoor, toen Travis en ik papieren harten op onze kleren speldden en de school doorkruisten om rode anjers te verkopen.

Ik krijg nog buikpijn als ik eraan denk. Maar vorig jaar was een uitzondering. Normaal gesproken boycot ik alles wat met Valentijnsdag te maken heeft. Tussen eind januari en 15 februari heb ik altijd een rothumeur en last van sombere buien. In de aanloop naar Valentijnsdag begint iedereen grapjes te maken over mijn achternaam en roepen ze me in de gangen van alles toe, zoals: 'Hé, Valentijn!' en 'Wil jij mijn Valentijn zijn?'. Ik heb gewoon een hekel aan Valentijnsdag en loop die dag altijd met een chagrijnige kop rond.

Maar terug naar Travis. Ik zag vreselijk op tegen de vrijdagochtend. We hadden namelijk allebei een afspraak met meneer B. over het Gifvrije Eindgala. Travis en ik waren de covoorzitters, een eer die ons persoonlijk door de plaatsvervangend rector was toegewezen. Er zouden dit keer dus geen bagels of drukke groepachtleerlingen zijn om mijn aandacht af te leiden. Een onmogelijke opgave.

Vandaar dat ik donderdags na school bij de administratie binnenliep en aan Rosemary vroeg of ik meneer B. kon spreken.

'Voor jou doe ik alles, Mara!' riep ze uit, waarna ze me via de intercom bij meneer B. aankondigde, hoewel zijn kamer nog geen drie meter van haar bureau verwijderd is.

Meneer B. gaf me een hand en leidde me zijn kamer binnen. Hij droeg een erwtgroen polyester pak met een inktvlek op de kraag. Alsof dat nog niet erg genoeg was, had hij een paar lange, vette haarslieren zijwaarts over zijn schedel gekamd om zijn kaalheid te verbergen – de ultieme optische desillusie.

Terwijl ik tegenover hem in de stoel bij zijn bureau ging zitten, hield hij me een glazen schaal met kersenbonbons voor. Ik schudde mijn hoofd en viel meteen met de deur in huis. Ik legde hem uit dat ik me moest terugtrekken als covoorzitter van het Gifvrije Eindgala.

'Waarom?' vroeg hij met een frons. 'Je was dolenthousiast toen ik het je vorig jaar herfst voorstelde.'

Dolenthousiast leek me sterk uitgedrukt, maar waarschijnlijk had ik me destijds enthousiaster voorgedaan dan ik me voelde omdat ik nog op bericht van Yale wachtte. Ik geef toe dat ik in mijn handen heb geklapt, maar ik heb niet staan juichen of zo.

'Ik ben...' Ik zweeg. 'Ik heb het een beetje druk met de colleges op de universiteit.'

Meneer B. grinnikte. 'Wacht maar tot je aan Yale begint. Dáár leer je pas wat hard werken is.'

Ik staarde naar mijn knieën en liet zijn woorden over me heen komen. Zó erg zag ik tegen de samenwerking met Travis op.

'Nou ja,' zei meneer B. 'Ik vind het jammer dat je niet kunt helpen met de organisatie van het Gifvrije Eindgala, maar als je niet wilt, kan ik je niet dwingen. Als iemand zich de afgelopen jaren voor onze school heeft ingespannen, ben jij het.'

'Dank u, meneer B.'

'Weet je misschien een goede vervanger? Iemand die even consciëntieus is als jij en Travis Hart?'

Ik begon bijna te snuiven toen ik hem 'consciëntieus' en 'Travis Hart' in één adem hoorde zeggen. Maar meneer B. wachtte op antwoord. Misschien Bethany Madison? Ik had nog niet op haar e-mail gereageerd, dus ik wist niet of ze er tijd voor had, maar het leek me echt iets voor haar. *Wacht eens even... nee!* Als ik Travis aan iemand van het andere geslacht koppelde, dan moest ze foeilelijk zijn, anders zou hij haar gegarandeerd proberen te versieren.

Terwijl ik snel een paar jongens uit onze klas noemde, noteerde meneer B. hun namen in een blocnote.

Tot overmaat van ramp liep de spanning in de Common Grounds steeds hoger op. Claudia had het de hele week over niets anders gehad dan James. Zodra hij buiten gehoorsafstand was, wilde ze van me weten hoe ze James het beste kon vertellen dat ze verliefd op hem was.

'Ik ben niet zo slim als jij,' fluisterde ze toen ik haar voorstelde hem een brief of een e-mail te sturen. 'Ik zou niets poëtisch of interessants weten te schrijven.'

'Daar geloof ik niets van,' zei ik. 'Maar als je wilt, kan ik je wel helpen.'

'Zoals in... Doen ze dat ook niet in een of andere film met Steve Martin?'

'Ik weet alleen dat het voorkomt in het toneelstuk *Cyrano de Bergerac*.'

'Cyrano de wát?' Claudia zuchtte. 'Dat bedoel ik nou. Ik ben niet zo'n genie als jij. Jij gaat volgend jaar nota bene naar Yale. Dát soort dingen maakt pas indruk op James.'

'Het gaat niet over mij, Claud. We hebben het over jóú.'

'Dat is waar,' zei ze.

Maar het gekke was dat ik steeds meer het gevoel kreeg dat het wél over mij ging. Terwijl Claudia elke gelegenheid aangreep om met James te kletsen, besteedde hij met de dag meer aandacht aan mij. Afgelopen zaterdag zei hij dat hij mijn haar zo leuk vond zitten. Ik zei dat ik het alleen maar had geföhnd en achter mijn oren had geborsteld, net als altijd. Maar hij zei: 'Nee, nee, je ziet er anders uit.'

En donderdags, toen het gebak werd gebracht, ontdekte ik dat James iets aan de menukaart had toegevoegd. Appel-notenkoek. Veganístische appel-notenkoek.

'Nu heeft Mara tenminste ook iets bij de koffie,' zei hij.

Die avond hadden James en ik diverse keren oogcontact. Als we naar elkaar glimlachten, kreeg ik een raar gevoel in mijn buik en keek ik gauw weg. Maar als hij zich dan weer over me heen boog om lepeltjes of suikerzakjes te pakken, was ik me hyperbewust van zijn nabijheid.

Hou op! zei ik tegen mezelf. *Hou op en help Claudia met haar plan van aanpak.*

Zaterdags diende de oplossing zich uiteindelijk vanzelf aan.

Claudia was eerder die maand eenentwintig geworden. We hadden een kaarsje in een bosbessenmuffin gestoken en 'Happy Birthday' gezongen, maar ze had ons nog niet op een drankje kunnen trakteren. Omdat ze daar zo vaak over klaagde, zei James op een zaterdagavond eind januari: 'Zullen we anders na het werk samen iets gaan drinken? Dan mag jij trakteren.'

Claudia reageerde alsof het de gewoonste zaak van de wereld was: 'Goh, dat lijkt me leuk.'

Maar zodra James naar buiten verdween om iets uit zijn auto te pakken, krijste ze: 'Ik ga het zeggen! Vanavond is het zover! Ik ga het zeggen!'

Terwijl ze in haar tas naar haar lippenstift zocht, vroeg ik of ze al wist hoe ze het ging aanpakken.

'Ik zeg het gewoon. Punt uit. Wat kan me gebeuren?'

'Je hebt helemaal gelijk,' zei ik.

Claudia was de rest van de avond de kluts kwijt. Ze stootte een kop koffie van de bar, liet een plak kruimelcake uit haar handen vallen en gaf een klant een briefje van tien in plaats van vijf terug.

Ik probeerde haar af te leiden door haar op onze favoriete internetdaters te wijzen. Het graatmagere moederskindje en de voluptueuze mama. Het was hun derde afspraakje in de Common Grounds, althans op de avonden dat wij dienst hadden. Ze zaten neus aan neus en likten bosbessenkwarktaart van elkaars vorkje. Normaal gesproken zou Claudia ad rem op de situatie hebben gereageerd, maar vandaag jammerde ze dat ze niet gekleed was op een avondje uit met James. Ze vroeg zich af of ze niet snel met mijn auto naar huis zou gaan om iets sexyers aan te trekken.

'Het maakt niet uit wat je aanhebt,' zei ik. 'James weet hoe je eruitziet.'

Claudia greep me bij mijn arm. 'Oh, mijn god. Vanavond gaat het echt gebeuren. Wat denk je dat hij gaat zeggen? Denk je dat het wederzijds is?'

'Daar kom je snel genoeg achter,' zei ik.

Maar Claudia kwam nergens achter. Aan het einde van de avond kwam James naar haar toe en zei: 'Vind je het erg als we een andere keer iets gaan drinken? Ik ben doodop. Ik denk dat ik naar huis ga en mijn bed in duik.'

Claudia knikte en zei: 'Oké, doen we dat.'

Maar toen James even later naar het toilet ging, liet Claudia zich op een stoel zakken. 'Het is voorbij,' kermde ze. 'Einde verhaal.'

'Hoe kom je daar nou bij? Dan vertel je het toch een andere keer?'

'Ik durf het niet meer. Ik heb tegen mezelf gezegd: het is nu of nooit.'

Het was hypocriet van me, maar terwijl ik haar een troostend klopje op haar net geborstelde haren gaf, voelde ik me opgelucht dat hun afspraakje niet doorging.

Vraag me niet waarom.

Ik weigerde erover na te denken.

6

Op de laatste dinsdag van januari begon er ineens graffiti op te duiken. Toen ik tussen het tweede en derde uur de trap op ging, liep ik op de overloop Ash tegen het lijf.

'Heb je het gezien?' vroeg ze.

'Wat?'

'Op de meisjestoiletten op de tweede verdieping. Derde toilet.'

'Wat is er dan?'

'Ik heb het iedereen gevraagd maar niemand weet wie het heeft gedaan. Het is waarschijnlijk gebeurd tussen de laatste les gisteren en de eerste vanochtend. Het is geschreven met stift die er niet af gaat, dus de conciërge zal het niet eens kunnen verwijderen.'

'Wat is er dan?'

'Ga zelf maar kijken!' riep Ash terwijl ze de trap af rende.

Het derde uur had ik natuurkunde. Het ging over massa en zwaartekracht, dus ik dwong mezelf op te letten toen de leraar de tweede wet van Newton uitlegde. Maar het vierde uur had ik psychologie, een doodsimpel vak waarvoor je zelfs na een lobotomie nog een dikke voldoende kon halen. Daarom vroeg ik een pasje om naar het toilet te gaan en liep ik direct door naar de tweede verdieping.

En daar, in het derde toilet, stond met zwarte stift op de mint-groene muur geschreven:

V VALENTINE IS EEN TERINGHOER!

Ongelofelijk. V zat nog maar twee weken bij ons op school en werd nu al door het slijk gehaald. Even overwoog ik de woorden door te krassen, maar dat zou lastig zijn met mijn miezerige ballpoint. En bovendien had V dit aan zichzelf te danken, dus moest ze het ook maar zelf opknappen.

De volgende dag stond ik in de toiletten in de kelder om even in de spiegel te kijken. Mijn voorhoofd zat sinds kort onder de puistjes, die ik die ochtend zorgvuldig met foundation had gecamoufleerd. Ik depte nog wat poeder op mijn gezicht en waste mijn handen. Toen ik een papieren hand-doekje wilde pakken, viel mijn oog op de muur vlak boven de papierautomaat.

V VALENTINE IS EEN JUNKIE!

Het was met dezelfde stift en in dezelfde blokletters geschre-ven. Wie was deze mysterieuze lasteraar? Was er, behalve ik, nog iemand die nu al een hekel had aan V? Had ze misschien nog meer ex-vriendjes versierd?

V kennende, zou me dat niks verbazen.

Tijdens de improvisatieles die middag zei meneer Hendrick tegen me dat ik niet genoeg mijn best deed op mijn strek-oefeningen. En ook mijn bewegingen konden wel wat en-thousiaster.

'Juffrouw Valentine!' schreeuwde hij boven het tromgeroffel uit, toen we onze armen als olifantenslurven moesten bewegen. 'Zo nu en dan een glimlachje kan geen kwaad.' Voor mij was de maat vol. Echt waar. Als we niet al zo ver in het semester waren, zou ik dit vak meteen laten vallen en me voor iets anders inschrijven. Ik had er gelukkig al voor gekozen om dit vak op vrijblijvende basis te doen, zodat het cijfer niet op mijn eindlijst zou worden vermeld.

Toen we twintig minuten bezig waren, moesten we ons van meneer Hendrick in groepjes van vier opsplitsen om een natuurscène uit te beelden; een persoon speelt de aarde, de tweede de wind, de derde water en de vierde vuur. Ik vond het zo'n waardeloze oefening dat ik compleet verstijfde en vergat me bij een groepje aan te sluiten. Voor ik het in de gaten had, waren de groepjes van vier al gevormd.

Meneer Hendrick kwam achter me langslopen, legde zijn zweterige handen op mijn schouders en duwde me naar het dichtstbijzijnde groepje. 'Jullie vinden het hopelijk niet erg om mejuffrouw Valentine erbij te krijgen,' zei hij tegen hen.

'Maar we hebben alle rollen al verdeeld,' zeurde een studente, die volgens mij Rhonda heette. Ze heeft altijd T-shirts aan waar het labeltje uit steekt. Al vanaf de eerste les mag ik haar niet.

'Laat mejuffrouw Valentine anders maar een steen zijn,' zei meneer Hendrick.

Iedereen die wel eens dansles heeft gehad, weet dat de rol van een steen gelijkstaat aan de rol van een boom in een schooltoneelstuk. Hij had net zo goed kunnen zeggen: 'Je bent een stijve hark, dus hou je mond en versteen.'

Ik rolde mezelf op in de foetushouding en vroeg me af of ik echt zo'n stresskip was.

Toen ik op dinsdagochtend op weg was naar het mentoruur, kwam Ash ineens naast me lopen.

'Ik heb gisteren nog een nieuwe graffiti gezien,' zei ik voor ze de kans had haar mond open te doen.

'Welke?' vroeg ze. 'Die waarin V een junkie wordt genoemd? Sinds gistermiddag staat die op vier muren, en er zijn twee teringhoeren bij gekomen.'

'Ik zag junkie in de kelder staan. Heb jij een idee wie dat doet?'

'Totaal niet,' zei Ash, de t's zorgvuldig uitsprekend.

'Heeft V soms ruzie met iemand?'

'Er zijn volgens mij geen kleedkamerincidenten meer geweest, maar ze geeft natuurlijk wel aanleiding tot roddels. Maandagmiddag liep ze in de aula constant om Jordan Breslawski heen te draaien.'

'Dat is toch het broertje van Lindsey? Die zit toch pas in de derde?'

Ash knikte. 'Amper veertien. Volgens betrouwbare bronnen, die toevallig achter hen zaten, legde ze haar hand op zijn kruis toen de lichten gedimd werden.'

Ik rilde. De laatste keer dat ik Jordan Breslawski had gesproken, was toen Bethany en ik bij Lindsey logeerden. We zaten toen in de derde klas. Jordan droeg een pyjama met ouderwetse vliegtuigjes erop en was een vliegveld van lego aan het bouwen.

Ash brak een pepermuntkauwgom tussen haar tanden. 'Maar daar wilde ik het nu niet over hebben. Ik wou weten of je het al wist van gisteren.'

'Wat was er dan gisteren?'

'Heb je het nog niet gehoord?'

Ik schudde mijn hoofd.

Ash glimlachte. 'V heeft het zesde uur gespijbeld en is met Brandon Parker via de zijdeur naar zijn auto gelopen. Drie mensen hebben hen gezien.'

'Denk je dat ze...' Ik drukte mijn duim en wijsvinger tegen elkaar en hield ze voor mijn lippen.

Ash haalde haar schouders op. 'Wat dacht je? Je kent Brandon toch? Die heeft altijd een joint tussen zijn lippen.'

We gingen de hoek om en bleven even staan voor het lokaal waar ik mijn mentoruur had.

'Heb je thuis nog geen sporen gevonden?' vroeg Ash. 'Pijpjes? Zakjes weed? Andere drugsartikelen? Heeft V wel eens een wazige blik of verwijde pupillen?'

Ik wist dat ik Ash geen groter plezier zou doen dan haar te vertellen over de hasjdampen die ik op de tweede verdieping van ons huis had opgesnoven, maar in plaats daarvan schudde ik mijn hoofd en liep haastig het lokaal binnen.

Ik besloot met mijn moeder te gaan praten. Per slot van rekening wilde ik niet als medeplichtige gezien worden als V ooit betrapt zou worden. Ik was niet van plan haar de details te vertellen. Ik ging nog liever dood dan in het bijzijn van mijn moeder het woord 'teringhoer' uit te spreken, want dat zou onvermijdelijk tot lastige vragen leiden, zoals:

Mama: Wat bedoel je met 'teringhoer', Mara?

Ik: Nou, mam, een teringhoer is iemand die allerlei ziekten heeft opgelopen omdat ze voor iedereen op haar rug gaat.

Mama (waarschijnlijk getroffen door acute hartkloppingen): Voor iedereen op haar rug gaat? Hoe bedoel je? Dat ze over zich heen laat lopen?

Ik: Over zich heen laat lopen? De hoer uithangt, zul je bedoelen.

Donderdagavond kreeg ik een uitgelezen kans om met mijn moeder te praten. V was door mijn vader naar Rochester gebracht voor haar voorbereidingslessen voor het toelatingsexamen. Ze waren vroeg vertrokken omdat mijn vader van tevoren nog een mobiele telefoon voor V wilde kopen en haar nummer wilde toevoegen aan ons gezinsabonnement. Toen ik dat hoorde, nam ik V even apart en fluisterde: 'Zo, nu zit jij ook met de navelstreng vast.'

Ze keek me woedend aan. 'Krijg de tering.'

'Ja, van jou zeker!' zei ik.

Mijn moeder had voor het avondeten aardappelen gebakken. Ze strooide geraspte cheddar en stukjes uitgebakken spek over haar portie. Op mijn bord schepte ik een lading broccoli en sojakaas, wat een slap alternatief is voor cheddar, maar daar probeerde ik niet aan te denken.

Toen we bijna klaar waren met eten, vroeg ik: 'Hoe vind je dat V het tot nu toe doet?'

'Hoe vind jíj dat V het doet?'

Ik prikte met mijn vork in een aardappel. 'Ik weet het niet,' zei ik. 'Ik hoor sommige kinderen op school wel eens iets zeggen...'

'Wat dan?' Mijn moeder fronste haar voorhoofd, zodat haar hele gezicht begon te rimpelen. 'Over V?'

Ik knikte traag.

'Wat kunnen ze nu over V te zeggen hebben? Ze is er net twee weken.'

Dat was precies wat ik zelf ook had gedacht. 'Ik ben niet veel op school... maar toch denk ik dat ze niet echt haar best doet om zich aan te passen. Daar zou ze zich wel eens wat meer voor mogen inspannen. Ik begrijp niet waarom ze zich altijd zo arrogant gedraagt.'

Mijn moeder slaakte een zucht. 'Je moet wat meer begrip voor haar hebben, Mara.'

'Hoe bedoel je, begrip hebben? Ik gedraag me normaal. Zíj is degene die problemen veroorzaakt.'

Ik moest bijna huilen. Had mijn moeder dan geen idee hoe verschrikkelijk V zich tegen mij gedroeg? Wat zou ze ervan vinden als ik haar vertelde dat V met Travis Hart had staan vrijen? Dan zou het niet bij hartkloppingen blijven. Ze zou een acute hartaanval krijgen.

Mijn moeder nam een slokje water. 'Ik wil alleen maar zeggen dat V het niet gemakkelijk heeft gehad. Wist je dat Aimee haar nog niet één keer heeft gebeld?'

'Meen je dat? Sinds ze in Costa Rica zit? Gaat het wel goed met haar?'

Mijn moeder knikte. 'Jawel, ze maakt het prima. Papa heeft haar vorige week een e-mail gestuurd om te vragen of ze goed is aangekomen. Ze e-mailde hem vanuit een internetcafé om te zeggen dat er in haar nieuwe verblijfplaats geen vaste telefoon is en dat ze nog geen beltegoed heeft kunnen kopen.'

'Typisch Aimee.'

'Juist,' zei mijn moeder. 'Typisch Aimee. Maar stel je eens voor dat ze jóúw moeder was? Kun je je voorstellen dat papa en ik je bij familie achterlieten, naar een ander land verhuisden en je twee weken niet zouden bellen? Zou je je dan niet ellendig voelen?'

Ik prikte met mijn vork in een stronkje broccoli en sleepte het over mijn bord om de draadjes sojakaas op te vegen.

'Oké,' zei ik ten slotte. 'Ik begrijp wat je bedoelt.'

Nu ik half had toegezegd iets meer begrip voor V te tonen, moest ik proberen zo weinig mogelijk thuis te zijn. Om het risico haar thuis tegen te komen te verkleinen, zette ik de volgende middag de koptelefoon van mijn walkman op en ging wandelen. Ik liep de heuvel op naar Wegmans, de heuvel af naar het Eriekanaal, de brug over en weer terug naar Main Street.

Tegen vijven begon het donker te worden. Ik zette mijn walkman uit en liep een boekwinkel binnen.

Ik vind het heerlijk nieuwe romans door te bladeren, hoewel ik ze waarschijnlijk pas zal kunnen lezen als ik helemaal ben afgestudeerd.

Toen ik nog maar enkele minuten een boek stond in te kijken, ging mijn mobieltje af.

'Mara?' vroeg mijn vader. 'Waar zit je? Ik probeer je al een uur te bereiken. Ik heb je voicemail al drie keer ingesproken.'

'Ik was gewoon aan het wandelen,' fluisterde ik. 'Ik heb niks gehoord.'

'Ik wil wel graag dat je voorzichtig bent als je gaat wandelen, Mara. Je weet nooit wie...'

'Oké,' zei ik terwijl ik de winkel rondkeek. Er waren niet veel klanten. Er stond wel een vrouw achter de kassa.

'Ik wou je alleen maar even zeggen dat we vanavond een familievergadering hebben. Meteen na het eten. Je hoeft toch niet te werken, hoop ik?'

'Nee,' zei ik. 'Waarover moeten we vergaderen?'

'Daar hebben het vanavond wel over. Waar ben je nu?'

'Ik sta in een boekwinkel.'

'Wees voorzichtig als je naar huis gaat. Het is al bijna donker. Zal ik je komen ophalen?'

'Nee, dat hoeft niet,' zei ik.

Ik stopte mijn mobieltje terug in mijn jaszak. Op dat moment merkte ik dat de vrouw achter de kassa me aankeek.

'Sorry,' zei ik. 'Dat was mijn vader.'

Ze glimlachte. 'Ach ja, vaders. Die hebben we allemaal.'

Terwijl ik de winkel uit liep, besefte ik dat dat niet voor iedereen gold. Niet voor V, bijvoorbeeld. Haar biologische vader is een of andere anonieme vent die door Aimee de Spermadonor wordt genoemd. Volgens Aimee heeft V haar Ierse neus en honingkleurige haren aan hem te danken. Ook heeft ze wel eens tegen mijn moeder gezegd dat V dankzij de Spermadonor zo muzikaal is.

Hoewel ik V niet kan uitstaan, heb ik soms toch ook wel medelijden met haar.

Mijn ouders en V zaten op de bank. Ik zat in een leunstoel aan de andere kant van de kamer. Mijn moeder opende de familievergadering door op vijf verschillende manieren te zeggen hoe blij mijn vader en zij zijn dat V bij ons is komen wonen. Maar vervolgens drukte ze haar vuisten in haar onderrug, alsof ze een knoop moest wegmasseren, en zei dat er enkele 'aanpassingsproblemen' besproken moesten worden.

V sloeg haar armen om haar opgetrokken knieën. 'Aanpassingsproblemen?'

Mijn vader bleek vandaag gebeld te zijn door meneer B., die hem vertelde dat V een paar uur had gespijbeld. V verdedigde zich meteen door te zeggen dat sommige leraren de pik op haar hebben omdat ze bepaalde vakken nog moet inhalen. Toen mijn ouders aanboden met hen te gaan praten, zei V: 'Ach nee, ik laat het wel over me heen komen.'

'Laat het ons weten als je ergens mee zit,' zei mijn vader. 'We kunnen altijd bijles voor je regelen, als dat zou helpen.'

Met haar armen nog steeds om haar opgetrokken knieën begon V heen en weer te wiegen.

'Lieverd,' zei mijn moeder, 'we willen het ook nog met je over iets anders hebben.'

'We zouden graag zien dat je je voor een schoolactiviteit opgeeft,' zei mijn vader.

Ik schoot bijna in de lach. V maakt mij altijd belachelijk om de vele activiteiten waaraan ik meedoe, maar nu zal ze er zelf achter komen hoe het er bij ons aan toe gaat.

'Een schoolactiviteit?' vroeg V. 'Zoiets als de Franse Club, bedoelt u?'

'Ja, bijvoorbeeld,' zei mijn moeder. 'Kies iets waar je in geïnteresseerd bent. Iets waarbij je mensen ontmoet die dezelfde belangstelling hebben.'

'Maar ik heb nergens belangstelling voor,' zei V.

'Wat denk je van drama?' vroeg mijn moeder. 'Je hebt een fantastische stem en je kunt goed dansen...'

'Had je niet een hoofdrol in *Oklahoma!*?' vroeg mijn vader. 'Op die school in Vermont?'

Hoewel mijn ouders er heel vrijblijvend over deden, was het

me duidelijk dat ze het van tevoren allemaal al besproken hadden. Ik kende dit scenario maar al te goed. V werd er aan haar haren bij gesleept.

'Ja,' zei V. 'Ik was Ado Annie, maar uiteindelijk heb ik helemaal niet meegedaan. Twee weken voor de première zorgde Aimee ervoor dat we weer moesten verhuizen en kreeg de doublure mijn rol.'

'Waarom doe je geen auditie voor de voorjaarsmusical op Brockport High School?' vroeg mijn vader.

V zweeg even. 'De voorjaarsmusical?'

Mijn vader glimlachte naar mijn moeder. 'Toen Ron Bonavoglia me vanochtend belde, raakten we aan de praat. Hij vertelde dat ze dit jaar *Damn Yankees* op de planken willen brengen. De audities zijn over twee weken.'

V schudde haar hoofd. 'Dat gaat niet. Stel dat Aimee terugkomt uit Costa Rica en dat we weer moeten verhuizen? Ik wil niet opnieuw valse hoop hebben. Dat was goed balen.'

Mijn ouders wisselden een snelle blik met elkaar, waarna mijn vader zei: 'Denk er eerst maar eens rustig over na. Je hoeft vanavond nog geen beslissing te nemen.'

V begon weer heen en weer te wiegen.

'Kan ik nu gaan?' vroeg ik.

Mijn vader schudde zijn hoofd. 'We willen ook nog iets met jou bespreken.'

'Hoe jij kunt helpen om V zich hier wat meer thuis te laten voelen,' voegde mijn moeder eraan toe.

'Ik?' vroeg ik terwijl ik V een blik toewierp. Ze sloeg haar armen nog steviger om haar knieën heen en boog haar hoofd. 'Je vindt het toch zo leuk om in de Common Grounds te werken?' zei mijn moeder.

'Misschien zou je daar voor V ook een baantje kunnen regelen,' zei mijn vader.

NEE! NEE! NEE! NEE! NEE!

'Wat denk je?' vroeg mijn moeder.

Ik schudde mijn hoofd. ' Oh nee, dat doe ik niet.'

'Je kunt het toch wel met je baas bespreken?' zei mijn vader.
'James lijkt me wel een aardige jongen. Misschien kan hij...'

Ik stond op. 'Nee. Ik doe het niet. Hou er maar over op. Oké?'

'Mara,' zei mijn moeder met een frons op haar voorhoofd.
'Het verbaast me dat...'

Ik stormde naar de achterdeur, griste mijn jas van de kapstok en rende de oprit af.

Ik liep helemaal naar de Common Grounds, terwijl ik dat totaal niet van plan was. Ik sloeg rechtsaf naar Centennial en
linksaf naar Main Street. Toen ik dichter bij het café kwam,
zag ik James uit zijn auto stappen. Een seconde later draaide
hij zich om en zag me.

'Hé, hallo!' riep hij. 'Wat doe jij hier?'

'Gewoon, wat wandelen,' zei ik. 'Ik moest even uitwaaien.'

Ik zag dat James glimlachte. Het viel me ook op hoe breed
zijn schouders waren in zijn wollen jas. Claudia had me al
ontelbare keren op de lekkere schouders van James gewezen.

'Je bent helemaal verkleumd.' James raakte even mijn gezicht
aan. 'Waarom heb je geen sjaal om?'

'Ik ben... eh...' Ik zweeg. Ik kon alleen maar denken hoe fijn
het was om zijn hand tegen mijn wang aan te voelen.

'Is er iets?'

Ik schudde mijn hoofd. 'Ik ben halsoverkop het huis uit gerend.'

'Ruzie?'

Ik knikte.

'Waarom?' vroeg James.

Ik keek door het raam van de Common Grounds om te zien wie er vanavond dienst had. Oké, ik geef het toe. Ik wilde zeker weten of Claudia er niet was. Niet dat ik iets deed wat verboden was, maar ze zou het verkeerd kunnen opvatten dat ik buiten op de stoep met James stond te praten. Tot mijn opluchting zag ik Josh en Randy achter de bar staan, twee jongens die wel vaker samen dienst hebben.

Ik vertelde James dat V bij ons was komen wonen, maar dat bleek hij allang te weten. Hij had me dat tegen Claudia horen zeggen. Ik vertelde hem dat ze dreigde te ontsporen en dat mijn ouders die avond een familievergadering hadden belegd om te bespreken hoe we haar op het rechte pad konden houden. Toen ik zei dat ze me hadden gevraagd om een baantje bij de Common Grounds voor haar te regelen, begon hij te lachen.

'In míjn Common Grounds?' vroeg hij.

'Ja.'

'Wat heb je gezegd?'

'Misschien ben ik wel heel slecht, maar ik heb nee gezegd.' Ik zweeg even. 'Vind je me slecht omdat ik niet wil dat ze hier komt werken? Iedereen zal me wel slecht vinden.'

'Wie is iedereen?'

'Mijn ouders, denk ik.'

'Waarom wil je het eigenlijk niet?'

'Ik beschouw dit als mijn plekje,' zei ik. 'Ik wil niet dat V hier ook is.'

'Soms moet je naar jezelf luisteren, zelfs als je ouders het er niet mee eens zijn.'

James stond behoorlijk dicht bij me. Ik kreeg weer dat rare gevoel in mijn buik, dus staarde ik naar het trottoir.

'Heb je zin om een kop koffie of thee te drinken? Dan kun je even opwarmen voor je weer door de kou naar huis moet.'

'Nee,' zei ik. 'Ik ga liever meteen.'

James legde allebei zijn handen tegen mijn wangen. Zo bleef hij even staan. Mijn hart bonsde zo hard dat ik het in mijn hele ribbenkast kon voelen.

'Zorg dat je warm blijft, Mara,' zei hij. Toen draaide hij zich om en ging naar binnen.

7

Het enige lichtpuntje in februari was dat Travis de ziekte van Pfeiffer kreeg en twee weken ziek thuis moest blijven. Ik geef toe dat het gemeen van me is. Ik wens niemand koorts en opgezette klieren toe. Maar ik voelde me opgelucht dat ik hem in de les niet steeds zijn hand hoefde te zien opsteken of meisjes te zien omhelzen. Bovendien miste hij door zijn ziekte een natuurkundepracticum over de wrijvingscoëfficiënt en een onverwachte overhoring psychologie, zodat hij zijn kleine voorsprong op mij sinds de toets staatsinrichting weer kwijt was.

Ik weet dat het door en door slecht van me was. Maar ik wilde zó graag tot de beste eindexamenleerling van school worden uitgeroepen dat ik de overwinning niet alleen proefde maar zelfs tussen mijn tanden kon vermalen en doorslikken. Ik zag mezelf in gedachten voortdurend in de gymzaal op het podium mijn afscheidsrede houden, en dan genoot ik van het idee dat ik Travis voorgoed naar de tweede plaats had verdrongen.

Dat Travis de ziekte van Pfeiffer had, hoorde ik van Bethany Madison. Op de woensdag van zijn eerste week thuis liep ik haar bij de administratie tegen het lijf toen ik het rooster voor de National Honor Society bij Rosemary kwam afgeven.

'Het spijt me dat ik nog niet op je e-mail heb gereageerd,' zei ik terwijl we in de deuropening bleven staan.

'Geeft niet. Je zult het wel druk hebben met de voorbereidingen voor Yale.'

'Heb jij al bericht van een universiteit?'

Bethany schudde haar hoofd. Ze heeft een wilde, Medusa-achtige bos krullen, die ze meestal temt in een paardenstaart. 'Ik heb Geneseo, Stoney Brook en Albany aangeschreven, maar verwacht pas in april iets te horen. Ik zou het liefst naar Geneseo gaan.'

'Dat lukt je vast.'

'Ik hoop het. Ik sta goed voor volleybal, maar mijn andere cijfers zijn niet zo geweldig.'

'Cijfers zijn ook niet alles.'

Hoor mij, dacht ik bij mezelf. Ik zit zelf in zak en as omdat ik een honderdste van een tiende punt achterlig op Travis en doe er alles aan om hem in te halen.

Bethany moest mijn gedachten hebben gelezen, want ze fluisterde: 'Weet je het al van Travis?'

'Dat hij ziek is?'

'Ja, en weet je wat hij heeft? De ziekte van Pfeiffer. De "kus-ziekte"! Mijn moeder kwam zijn vader tegen in Wegmans. Hij is zo verzwakt, hij krijgt zijn hoofd niet eens meer omhoog!'

'Arme Trav...'

'Ach, hou toch op, Mara,' zei Bethany. 'Je vindt het stiekem net goed voor hem, net als al die andere meiden die hij als oud vuil heeft behandeld. Hij verdient het gewoon.'

Ik glimlachte. Toen Bethany begon te grinniken, grinnikte ik met haar mee.

Terwijl we afscheid namen, besefte ik hoe erg ik van mijn

schoolvrienden was vervreemd. Niet dat ik ze niet mag. Het heeft er meer mee te maken dat ik met mijn hoofd al bij mijn studie op Yale ben. Ik ga het zomerprogramma aan de Johns Hopkins-universiteit volgen en vertrek eind juni voorgoed uit Brockport. Mijn ouders hebben het schoolgeld zelfs al betaald. Ik heb het gevoel dat mijn geest vooruit is gegaan en dat mijn lichaam alleen nog maar hoeft te volgen.

Mijn ouders lieten het plan om V een baantje bij de Common Grounds te bezorgen varen, maar gaven V niet op.

V was hun Nieuwe Project, dat ze even vastberaden aanpakten als het herstofferen van een bank of het investeren van geld in pensioenfondsen. Ze overhoorden haar algemene kennis voor het toelatingsexamen en hielpen haar met haar huiswerk. En mijn moeder moedigde haar aan haar pony te laten groeien of haar haren te laten knippen.

V leek te genieten van alle aandacht. Ze sputterde zelfs niet tegen toen mijn ouders afgelopen weekend opnieuw een familievergadering belegden om V van het roken af te helpen.

Mijn vader had het onderwerp nog niet aangesneden of V wees beschuldigend naar mij. 'Heeft Mara soms geklikt?'

Mijn vader reageerde verbaasd. 'Nee, lieverd. We weten al sinds vorige zomer dat je rookt. Weet je nog dat je met Aimee bij ons op bezoek was en die aansteker uit je tas viel?'

'En ik vond een leeg pakje Camel in je spijkerbroek toen ik de was deed,' voegde mijn moeder eraan toe.

V en ik kwamen tegelijk tot dezelfde conclusie. Het ging over sigaretten, niet over dat andere – verboden roken – van haar. Ik keek aandachtig naar V's gezicht. Ik vroeg me af wat er in haar omging, maar ze weigerde mijn kant op te kijken.

V liet zich opgelucht achteroverzakken op de bank, blij dat mijn ouders van niets wisten. Haar opluchting was zelfs zó groot dat toen mijn ouders haar wezen op de verschrikkingen van nicotine, zoals longkanker, bruine tanden en een groter risico op een beroerte, ze naar haar kamer liep en even later met twee pakjes sigaretten naar beneden kwam. Ze gaf ze aan mijn vader en beloofde nooit meer te roken.

Maar de grootste uitdaging voor mijn ouders was V over te halen auditie te doen voor de schoolmusical. Twee weken lang huurden ze elke musical die ze in handen konden krijgen, van *Chicago* tot *My Fair Lady* en *Moulin Rouge*. Ze gingen zelfs zover dat ze via Amazon.com de dvd van *Damn Yankees* kochten. Zodra hij werd bezorgd, maakte mijn moeder popcorn klaar in de magnetron en gingen ze er met zijn drieën voor zitten. Ik zat op mijn kamer een hoofdstuk van het jaarboek te corrigeren en kon alles door de muur heen horen. Elk dansnummer werd teruggespoeld en opnieuw bekeken. En regelmatig werd de dvd stilgezet om V te wijzen op haar enorme zang- en danstalent. Of ze zeiden tegen V dat iemand met zo veel energie als zij op het podium thuishoorde. En dat ze nooit een hoofdrol in *Oklahoma!* had gekregen als ze geen talent had.

Ik wist niet of iemand het er al met Aimee over had gehad, maar toen ik op een avond mijn tanden stond te poetsen, hoorde ik mijn vader en V met elkaar praten in de slaapkamer van mijn ouders. Mijn vader beloofde V min of meer dat ze tot half april bij ons kon blijven wonen als ze een rol in de schoolmusical zou krijgen.

'Maar stel dat Aimee terugkomt uit Costa Rica en ik met haar mee moet?' vroeg V.

'Dan ga je pas ná de musical terug naar Aimee.'

'Ze zal hier wel weer snel op de stoep staan. Die relatie met die Campbell slaat helemaal nergens op. Wat moet ze nu met een tweeëntwintigjarige surfer? Bovendien houdt Aimee het toch niet langer dan een paar maanden met een man uit.'

Ik spitste mijn oren om de reactie van mijn vader op te vangen, maar het enige wat ik hoorde, waren zijn voetstappen en de klik van de slaapkamerdeur.

De dag daarop belde Aimee. Het was woensdag, twee dagen voor Valentijnsdag. Ik was thuis van school en had een paar uurtjes vrij tot aan mijn dansles. Omdat ik mijn huiswerk al af had, was ik alvast aan het vrijwilligersschema voor de snoephartenverkoop van de eindexamenklassen begonnen. Travis had me die ochtend een kort mailtje gestuurd met de vraag of ik op Valentijnsdag de begeleiding van de vrijwilligers voor mijn rekening wilde nemen, omdat hij pas de maandag erop weer op school zou zijn. Ik reageerde met een al even kort: 'Komt voor elkaar.'

Toen de telefoon ging, legde ik mijn blocnote op de salontafel en holde naar de keuken.

'Hallo?'

'Mara?' schreeuwde Aimee. De lijn stoorde en haar stem klonk ver weg. 'Ik bel vanuit een telefooncel in Jaco!'

'Hoi. Voor wie bel je?'

'Ik kreeg gisteravond twee e-mailtjes van papa, en vanmorgen nog een. Hij vroeg of ik hem wilde bellen. Is hij in de buurt?'

'Hij is op zijn werk.'

'Oh, dan probeer ik hem daar te bereiken.' Aimee zweeg even. 'Is mijn dochter wel in de buurt?'

'Ze is op school, Aim. Het is hier vroeg in de middag.'

'Waarom ben jij dan wel thuis? Hebben ze de bollebozen de rest van het jaar vrij gegeven?'

Ik negeerde haar opmerking.

'Luister,' vervolgde Aimee na een korte stilte. 'Ik heb geen telefoon op mijn kamer, dus zou je tegen V willen zeggen dat ik haar gauw een keer bel?'

'Papa heeft een mobieltje voor haar gekocht,' zei ik. 'Zal ik je haar nummer geven?'

Aimee lachte. 'Hoorde ik dat goed? Zei je dat papa een mobieltje voor haar heeft gekocht?'

'We hebben allemaal een mobieltje.'

'Ja, papa houdt graag in de gaten waar iedereen uithangt,' zei Aimee. 'Ik wed dat V er helemaal kriegel van wordt. Werken papa en mama niet op haar zenuwen?'

'Valt wel mee, volgens mij. Die indruk wekt ze niet,' zei ik. Het was me opgevallen dat er de laatste tijd op school minder over V werd geroddeld. De oude graffiti stond nog steeds op de toiletmuren, maar ik had geen nieuwe beledigingen meer ontdekt. En Ash had me al een week links laten liggen, wat een goed teken was. Bovendien zag V er stukken beter uit sinds ze haar pony had laat groeien. Ze kamt haar haren tegenwoordig naar achteren en zet ze met speldjes vast. Dat staat een beetje ouderwets, maar ook wel grappig.

'Meen je dat?' vroeg Aimee. 'Heeft ze het naar haar zin?'

'Heeft papa je verteld dat ze toelatingsexamen wil doen voor de universiteit? Ze heeft gisteren op het proefexamen Engels de hoogste score van iedereen gehaald.'

'Dat meen je niet. Wil ze echt naar de universiteit?' Aimee lachte. 'Voor je het weet, gaan jullie allebei naar Yale.'

Zoals Aimee het zei, klonk het alsof het iets was waarvoor

je je moest schamen. Ik besloot het over een andere boeg te gooien.

'Hoe is het in Costa Rica?' vroeg ik. 'Ben je al een beetje thuis in de Midden-Amerikaanse keuken?'

'Ik heb een baantje in een restaurant... maar het blijft werk. Dan maakt het niet uit in welk land je woont.' Aimee zweeg even. 'Ik heb trouwens goed nieuws. Kun je een geheim bewaren?'

'Ik dacht het wel.'

'Ik ben verliefd! Hij heet Campbell.'

'Waarom moet dat geheim blijven?'

'Ik wil niet dat papa en mama weer gaan zeuren. Campbell is fulltimesurfer. Ze zijn met een hele groep. Ze gaan binnenkort naar Bali en nu wil hij dat ik meega. Moet je je voorstellen. Báli! Ik weet niet...'

De lijn kraakte ineens zo hevig dat ik haar nauwelijks kon verstaan.

'Ik geloof dat de verbinding wordt verbroken!' riep Aimee. 'Zeg tegen V dat ik haar gauw bel.'

Ik wilde haar nog een keer vragen of ze V's mobiele nummer wilde hebben, maar ze had al opgehangen.

Ik betrapte mezelf erop dat ik de eerste twee weken van februari vaak aan James dacht. Hoe zijn handen op mijn wangen hadden gevoeld, hoe zijn stem had geklonken toen hij zei: 'Zorg dat je warm blijft, Mara.' Op de gekste momenten spookte hij door mijn hoofd. Als ik naar onze leraar staatsinrichting luisterde, die eindeloos doorzeurde over de regeringsploeg van de president. Als ik een glas water dronk. Of als ik sliep.

Ik droomde van James. Een paar nachten achter elkaar droomde ik dat we met zijn tweeën achter de bar staan in de Common Grounds en dat hij de voorraadkamer in loopt, maar als ik hem wil volgen, de deur op slot blijkt te zitten.

Op een avond – in het echte leven, niet in dromenland – zei ik tegen Claudia dat de keukenrollen bijna op waren en liep naar de voorraadkamer. Terwijl ik de kamer binnen liep, checkte ik snel de deur. Tot mijn verbazing bleek er helemaal geen slot op te zitten.

Ik merkte dat ik liever had dat Claudia niet meer kwam. Ik weet dat ik dat soort dingen niet mag denken en daarom probeerde ik die gedachte zo snel mogelijk weer uit mijn hoofd te zetten.

Hoewel Claudia had gezegd dat ze James had opgegeven, was daar in de praktijk niets van te merken. Ze droeg strakke jeans en laag uitgesneden inkijkbloesjes, en bleef hopen dat hij haar toch nog een keer zou uitnodigen samen iets te gaan drinken. Dat vertelde ze me de avond voor Valentijnsdag. Ik was in een pesthumeur omdat een paar mensen op school weer domme opmerkingen over mijn achternaam hadden gemaakt. Rond tienen verdween James in de voorraadkamer om bonen te pakken voor de koffiebrander. Zodra hij buiten gehoorsafstand was, kwam Claudia naar me toe en vertelde me dat ze met haar kamergenote, Pauline, over James' uitnodiging had gepraat. Volgens Pauline, zei ze, was het zeker wederzijds omdat hij haar had beloofd ergens iets met haar te gaan drinken.

'Het was niet echt een belofte,' zei ik.

'Hoe bedoel je?' vroeg Claudia.

'Hij zei dat jullie misschien een keer samen iets konden gaan drinken.'

'Dat zei hij niet!' Claudia gooide haar haren over haar schouder. 'Hij zei: "Zullen we anders na het werk samen iets gaan drinken? Dan mag jij trakteren." Pauline heeft psychologie als hoofdvak en volgens haar kun je uit de woorden "Dan mag jij trakteren" afleiden dat hij er in gedachten al met mij wás. Het was niet alleen maar hypothetisch.'

Ik moest mezelf inhouden niet tegen Claudia te zeggen dat Pauline wel gelijk móést hebben omdat ik nog maar net met psychologie was begonnen en nog niet aan het hoofdstuk 'uitnodigingen' was toegekomen.

'"Dan mag jij trakteren",' zei Claudia, elk woord benadrukkend. 'Snap je? Dan. Mag. Jij. Trakteren.'

Nee, ik snapte er niets van.

Waar ik ook niets van snapte, was dat ik steeds van tosti's droomde. Tot voor kort droomde ik misschien één keer per maand van een lekkere tosti. Maar de afgelopen weken was het zeker één keer per nacht.

De droom was elke keer hetzelfde. Ik zit met een goudbruine tosti voor me aan de tafel in onze eetkamer. Cheddarkaas, wit brood, een knapperig korstje van de boter. Als ik een van de helften oppak, blijft de kaas als elastiek aan de andere helft vastzitten.

Elke ochtend als ik wakker word, heb ik een zoute smaak op mijn lippen.

8

Op Valentijnsdag versierde de feestcommissie de school met rode slingers, roze ballonnen en rode en roze harten. Het was alsof Dikkie Dik een zwerm flamingo's had verslonden en vervolgens zijn ingewanden binnenstebuiten had gekeerd. Vier mensen maakten een opmerking over mijn achternaam, wat eigenlijk in vergelijking met het vorige jaar wel meeviel. Gelukkig kon ik voor de middag de school al verlaten en had ik het de hele ochtend druk met de begeleiding van de vrijwilligers die de snoepkraampjes bemanden. Het leidde me af van de vrijende stelletjes en de meisjes met teddyberen en de leraren die suikerharten uitdeelden waarop 'Voor altijd' en 'Mail me' stond.

V leek zich veel minder aan te trekken van Valentijnsdag dan ik. Ze droeg haar hippe zwarte broek met het topje waarop I'M JUST A GIRL WHO CAIN'T SAY NO stond. Deze keer verborg ze het niet voor mijn ouders. Tot mijn verbazing moesten ze lachen toen V in de keuken verscheen. Toen ik vroeg wat er zo grappig aan was, zeiden ze dat het een regel was uit een liedje van Ado Annie in *Oklahoma!*.

'Dat was mijn liedje,' zei V. En vervolgens brulde ze het uit: '*I'm just a girl who cain't say no. I'm in a turr-able fiiix.*'

'V!' riep mijn vader uit. 'Je hebt een fantastische stem. Je zou echt...'

'Weet ik, weet ik,' zei V. 'Ik denk er nog over.'

De daaropvolgende week deed V, na overdreven aanmoedigingen van mijn ouders, auditie voor *Damn Yankees*. Ze brachten haar op maandagavond naar de audities en wachtten buiten in de auto. Terwijl ik in de keuken stond te prakkiseren wat ik die avond zou eten, kwamen ze thuis.

'Dat is snel,' zei ik toen ik ze door de achterdeur zag binnenkomen. 'Hoe is het gegaan?'

'Ik heb er niks van gebakken, dus vraag maar niks,' zei V, waarna ze de trap op stormde.

Ik wierp een blik op mijn ouders. Mijn moeder zag er verslagen uit. Mijn vader zei: 'Nou ja, we hebben het in elk geval geprobeerd.'

Maar de volgende ochtend, meteen nadat meneer B. de dagopening had uitgesproken, kwam mevrouw Green met de aankondigingen.

'Zoals velen van jullie weten,' zei ze, 'heeft de afdeling Drama gisteravond audities gehouden voor de voorjaarsmusical. De lijst met de voltallige cast hangt bij de administratie, maar ik wilde nu alvast de talentvolle leerlingen in het zonnetje zetten die een hoofdrol hebben gekregen.'

Zoals elk jaar werden de twee mannelijke hoofdrollen toegewezen aan T.J. Zuckerman en Brian Monroe. Terwijl ik niet anders verwachtte dan dat Andrea Kimball, ook zoals elk jaar, de vrouwelijke hoofdrol zou krijgen, hoorde ik mevrouw Green zeggen: 'Het doet me genoegen dat de rol van Lola is gegaan naar een nieuwe leerling op onze school. Hartelijk gefeliciteerd, V Valentine! Welkom op onze school.'

Ik kreeg kippenvel op mijn armen. Ik had genoeg flarden van de film *Damn Yankees* gezien om te weten dat Lola de verleidster is die voor de duivel werkt. Haar rol is de belangrijkste in het hele stuk.

Mindy Vance tikte me op de schouder. 'Is dat niet... eh... jouw nichtje of zoiets?'

'Ja,' zei ik.

Toen de bel ging, vloog ik naar de dichtstbijzijnde toiletten. Hoewel we onze mobieltjes niet mogen gebruiken op school, toetste ik razendsnel het nummer van mijn vader in. 'Heb je het gehoord?'

'Ja, mama en ik hebben het net gehoord! V heeft ons met haar mobiel gebeld toen ze de lijst met de cast had gezien. Ze huilde.'

V? Huilen? Wauw!

'Dit is een mooie dag voor de Valentines,' zei mijn vader.

De dag kon helemaal niet meer stuk toen ik op weg naar huis door meneer B. naar zijn kamer werd geroepen.

'Ik heb het gehoord over je... eh... over Vivienne,' zei hij.

Ik zette mijn tas naast mijn stoel. 'V bedoelt u?'

'Mevrouw Green vertelde me dat ze zeer onder de indruk was van haar optreden. Ik ben blij dat Vivi... V na al het gedoe haar draai nu heeft gevonden. Daar gaat het ons om, hier op Brockport High School. Mensen een tweede kans geven.'

Ik wierp een blik op de schaal met winegums op zijn bureau.

'Je vraagt je zeker af waarom ik je heb laten komen,' zei hij even later.

Ik knikte.

Toen meneer B. zijn doorlopende wenkbrauw optrok, leek het alsof er op zijn voorhoofd een rups omhoogkwam. 'Ik wilde het even met je hebben over je gemiddelde eindcijfer.'

'Mijn eindcijfer? Het is toch in orde, hoop ik?'

Meneer B. lachte. 'Natuurlijk, Mara. Van jou verwachten we niet anders.'

Pfff.

'Ik neem aan dat je weet dat de rapporten van de derde periode komende vrijdag worden uitgereikt.'

Ik knikte.

'En ik neem aan dat je ook weet dat ik de cijfers al in mijn computer heb staan.'

Dat wist ik niet, maar toch knikte ik, om hem aan te sporen door te gaan.

'Je weet zeker ook dat jouw gemiddelde eindcijfer niet veel afwijkt van dat van Travis Hart.'

Ach, dat hoor ik voor het eerst.

'Jullie zitten elkaar het hele jaar al op de hielen,' zei hij. 'In mijn loopbaan als plaatsvervangend rector heb ik nog nooit zo'n nek-aan-nekrace meegemaakt.'

Schiet op, schiet op!

'Wat ik alleen maar wilde zeggen – en dat zal ik ook tegen Travis zeggen – is dat je in dit geval niet van winnaars of verliezers kunt spreken.'

Oh nee. Ik dacht van wel.

'En wie van jullie ook op de tweede plaats komt, onthoud goed dat diegene nog steeds de op een na beste eindexamenleerling is en dat Brockport High School...'

Ik barstte bijna van nieuwsgierigheid. Ik balde mijn handen tot vuisten en beet op mijn tong.

'... trots op je is en dat je...'

'Wat is mijn gemiddelde eindcijfer?'

Meneer B. lachte, waardoor de lange slierten haar die de kale plek op zijn hoofd bedekten, bijna naar voren gleden. 'Ik mag je eindcijfer nog niet bekendmaken, maar zoals ik al zei, zal ik dit ook allemaal met Travis Hart bespreken. Ik wil jullie er allebei op wijzen hoe we de komende maanden te werk gaan. Aan het einde van de maand mei krijgen we de resterende cijfers van de leraren en wordt jullie gemiddelde vastgesteld. Op grond daarvan beslissen we wie de afscheidsrede dan wel het welkomstwoord mag houden.'

'Dus de eindexamens tellen niet mee?'

'Denk nu niet dat je je voor je eindexamen niet meer hoeft in te spannen,' zei meneer B. met een glimlach. 'Maar je hebt gelijk, de eindexamenresultaten tellen niet mee in de strijd om het hoogste gemiddelde eindcijfer. De uitslag daarvan moet eerder worden vastgesteld, zodat we het programma van de diploma-uitreiking alvast kunnen afdrukken en de beste kandidaat alvast zijn of haar' – meneer B. keek me even aan – 'afscheidsrede kan voorbereiden.'

Ik sloeg mijn benen over elkaar en begon mijn voet heen en weer te zwaaien. 'Mag ik nog één ding vragen?'

'Natuurlijk, Mara. Ga je gang.'

'Ik zou graag willen weten hoe ik er ten opzichte van Travis Hart voor sta.'

Meneer B. haalde diep adem en zei: 'Je ligt op dit moment een duimbreed op hem voor. Het scheelt niet veel, maar als je de komende drie maanden op dit niveau doorgaat, mag jij de afscheidsrede houden.'

RON BONAVOGLIA, JE BENT EEN SCHAT!!!!!!!!!!!

Ik sloeg mijn handen in elkaar. Meneer B. hield de schaal met winegums voor mijn neus. Ik pakte er een groen en twee oranje snoepjes uit.

Die avond namen mijn ouders ons mee uit eten in Rochester. We gingen naar Aladdin's, waar ze falafel voor mij en rood vlees voor V hebben. V lachte en praatte aan één stuk door, bijna als een normaal mens. En niet één keer dipte ze haar pitabroodje tweemaal achter elkaar in de hummus, zoals ze meestal doet. Toen ze op een bepaald moment tegen mijn moeder zat te praten, bestudeerde ik haar gezicht. Omdat ze haar haren met speldjes aan de zijkant had vastgezet, zag ik voor het eerst dat onze ogen precies dezelfde vorm hebben.

In de auto op weg naar huis zette mijn vader zachte jazzmuziek op. V leunde met haar hoofd tegen de achterbank. Mijn moeder legde haar hand op mijn vaders knie. Ik keek door het raampje naar de sneeuw die langs de kant van de weg opstoof. Ik kreeg een brok in mijn keel, en voelde me blij en melancholiek tegelijk. Voor het eerst in lange tijd was alles goed.

9

In de laatste week van februari hadden we de poppen aan het dansen. In die week gaan we altijd met het hele gezin op vakantie. Mijn vader heeft dan een vijfdaags congres in Tampa en omdat ik ook een week vrij heb, gaan mijn moeder en ik met hem mee. We hangen een beetje rond bij het zwembad, gaan met de bus naar het winkelcentrum en verzinnen namen voor de nuances grijze haren die we bij oude mensen zien, zoals *meer-zout-dan-peper* en *ik-wed-dat-je-zo-ook-wel-kunt-zien-dat-ik-stekeblind-ben-blauw*.

Maar dit jaar kon ik niet mee. Hoewel ik een week vakantie had van de middelbare school, gingen de colleges gewoon door. Bovendien moest het jaarboek in maart naar de drukker en ik had beloofd de volledige tekst te corrigeren. Ik was er bijna elke avond tot na twaalven mee bezig. Mijn ouders hadden V gevraagd of ze zin had om mee te gaan, en dat wilde ze wel, want de voorbereidingslessen lagen in de schoolvakanties toch stil. Maar toen kreeg ze die rol in de schoolmusical, en mevrouw Green wilde elke dag repeteren.

In eerste instantie zou mijn moeder ook thuisblijven, maar mijn vader zei dat het waarschijnlijk de laatste keer zou zijn omdat hij binnen enkele jaren met pensioen zou gaan. Toen kwamen ze op het idee om mijn neef Baxter Valentine uit

Portland als oppas te vragen. Baxter is in de dertig, nog altijd vrijgezel en freelance cartoonist. Blijkbaar hebben al die eenzame uren achter de tekentafel hem geen goedgedaan, want hij is knettergek. Toen we een paar jaar geleden bij hem op bezoek waren, gedroeg hij zich doodnormaal als mijn ouders erbij waren, maar zodra ik met hem alleen was, begon hij rare gezichten te trekken en dierengeluiden te maken.

'Vergeet het maar!' zei ik toen mijn ouders tijdens een familievergadering voorstelden Baxter naar Brockport te halen. 'Baxter heeft ze niet allemaal op een rijtje!'

'Natuurlijk wel,' zei mijn moeder. 'Hij is een succesvolle...'

'Mafkees,' zei V. 'Toen Aimee en ik bij Eugène woonden, heeft hij een paar keer bij ons gelogeerd. Misschien lag het aan de Old MacDonald-setting, maar het was de hele dag van je kwek-kwek hier, en je kwek-kwek daar, hier een kwek...'

'Dat meen je niet!' riep ik uit. 'Maakte Baxter ook van die rare dierengeluiden tegen jou?'

V knikte. 'Kwekken, loeien, blaffen...'

'Dierengeluiden?' vroeg mijn vader.

Mijn moeder schudde haar hoofd. 'Ik kan me niet voorstellen dat Baxter dieren...'

'Echt wel!' riepen V en ik tegelijk uit. We kregen bijna de slappe lach.

Nadat V en ik mijn ouders ervan hadden overtuigd dat we goed op onszelf konden passen en beloofden dat we goed zouden eten, de deuren op slot zouden doen en op tijd naar bed zouden gaan, lieten ze het Baxter-plan varen. Toen ze op de maandagochtend van onze vakantieweek vertrokken, moesten we bij het afscheid nogmaals beloven dat we altijd op onze mobiele telefoons bereikbaar zouden zijn.

'Zo, nu kunnen we lekker gaan feesten!' riep V nadat we ze hadden uitgezwaaid.

Ik keek haar argwanend aan. 'Grapje zeker?'

'Ha ha,' zei ze, waarna ze naar haar kamer ging.

Terwijl ik naar de keuken liep, vroeg ik me af of dat 'ha ha, nee' of 'ha ha, ja' betekende.

In eerste instantie leek het erop dat V een grapje had gemaakt. De maandag en dinsdag zagen we elkaar nauwelijks. 's Ochtends werd ze opgehaald door een paar leerlingen van school die meededen aan de musical en 's avonds kwam ze pas thuis tegen de tijd dat ik naar de Common Grounds vertrok.

Ik ging een paar keer naar school om een gecorrigeerd hoofdstuk van het jaarboek in te leveren en een nieuw hoofdstuk mee te nemen. 's Woensdags had Leesa Zuckerman, het jongere zusje van T.J., een vergadering georganiseerd over het jaarboek. Ze zit in de vijfde en is als eindredactrice verantwoordelijk voor de definitieve versie van het jaarboek. Leesa gaf de laatste wijzigingen in de hoofdstukken door en maakte bekend dat er definitief gestemd was voor de titel *Eindelijk vrij*. Alles beter dan *De tijd van je leven*, maar ook met deze titel was ik niet tevreden. Het klonk alsof we zes jaar in de gevangenis hadden gezeten en nu eindelijk de bloemetjes buiten konden gaan zetten. Toen ik dit na de vergadering tegen Leesa zei, zei ze: 'Je moet niet elk woord op een goudschaaltje wegen.'

'Oh nee? Ik dacht dat dat de taak van de corrector was.'

Leesa rolde met haar ogen. 'Dan weet je zeker ook of mierenneuker met één of twee "n'en" moet.'

'Leuk, hoor,' zei ik terwijl ik voor haar langs het hoofdstuk over de vierde klas pakte.

Die middag tijdens dansles deed meneer Hendrick vervelender dan ooit tegen me. Hij bleef maar roepen: 'Laat alles los en ga mee in de beweging.' Maar hoe vaker hij dat tegen me zei, hoe gespannener ik werd. Toen we op een gegeven moment moesten doen alsof we appeltjes aan een boom waren, vroeg meneer Hendrick aan de drummer of hij even wilde stoppen met roffelen.

'Mejuffrouw Valentine,' zei hij terwijl je een speld kon horen vallen. 'U bent de spreekwoordelijke rotte appel.'

Als hij in het verleden dat soort dingen zei, liet ik het langs me afglijden. Maar dit was de druppel. Ik liet mijn arm c.q. steeltje zakken en keek hem recht in de ogen.

'Wilt u me nu eindelijk eens met rust laten?' zei ik. 'Een betere appel zal ik nooit worden.'

De hele klas c.q. boomgaard gaapte me aan.

'Wilt u niet zo'n toon tegen me aanslaan?' zei meneer Hendrick.

'Dat wou ik net tegen u zeggen,' zei ik.

Ik liep boos naar mijn jas, griste hem van de kapstok en rende het hele eind naar mijn auto.

Op vrijdagmiddag werd V uit de musicalrepetitie gestuurd. Ik zat aan de eetkamertafel het nieuwe hoofdstuk van het jaarboek te corrigeren. Mijn mobieltje lag naast me, want mijn vader had me al twee keer gebeld. De eerste keer om me te vragen of ik wel had geluncht en de tweede keer om er zeker van te zijn dat ik het gas wel had uitgedraaid. Mijn moeder had een keer gebeld om te zeggen dat Florida haar goeddeed, omdat ze zich tussen de vele hoogbejaarde inwoners weer piepjong voelde, ook al was ze eenenzestig.

Ik was net bezig een tussenkop te verbeteren waarin meneer B. 'plaatsvervangende rector' in plaats van 'plaatsvervangend rector' werd genoemd, toen V door de achterdeur binnenkwam.

'Wat ben je vroeg,' zei ik verbaasd.

'Ik ben eruit gegooid. Nu kan ik verdomme een excuusbrief gaan schrijven, anders word ik morgen niet tot de repetitie toegelaten.'

'Eruit gegooid? Wat heb je dan gedaan?'

'Waarom denk je automatisch dat ík iets heb gedaan?' V trok haar schoenveters los en gooide haar tas op de bank. Terwijl ze naar de trap liep, riep ze: 'Als je het tegen je ouders zegt, vermoord ik je.'

Ik klemde mijn potlood tussen mijn tanden en staarde een minuut lang verbijsterd voor me uit. Toen gooide ik het potlood op tafel en ging naar boven.

V's deur stond op een kier. Ik duwde hem open. Ze zat op haar bed, maar toen ik binnenkwam, sprong ze meteen op en zei: 'Wat moet je?'

Ik keek de logeerkamer rond. Sinds V bij ons woonde, was ik niet meer in de kamer geweest. Tot mijn verbazing zag ik dat ze haar tassen nog steeds niet helemaal had uitgepakt. Uit haar plunjezak staken een paar jeans en t-shirts.

'Ik zei: "Wat moet je?",' herhaalde ze. 'En wil je voortaan eerst kloppen?'

'De deur stond open.'

'Op een kier, zul je bedoelen.'

Mijn oog viel op een klein houten voorwerp op haar ladekast. Het leek op een miniatuurpijpje.

V volgde mijn blik en schoof er gauw een doos Kleenex voor. 'Nou, wat moet je?'

'Ik word niet graag met de dood bedreigd. Ik vroeg alleen waarom je eruit bent gegooid.'

'Niet dat het je iets aangaat, maar iemand zat me te pesten en toen heb ik hem op zijn nummer gezet.'

'Wie?' vroeg ik.

'Ik heb geen zin om erover praten.'

'Waarom kun je je niet beheersen?'

V had haar speldjes uitgedaan, zodat haar haren weer voor haar gezicht hingen. Met een woest gebaar veegde ze de lokken naar achter. 'Hoezo?'

Ik voelde de adrenaline door mijn armen stromen. 'Waarom flap je er alles uit wat in je hoofd opkomt? Waarom kun je je emoties niet beheersen?'

'Omdat ik geen neuroot ben, zoals sómmige mensen.'

Ik deed een stap naar haar toe. 'Wat bedoel je dáár verdomme mee?'

'Hoorde ik dat goed? Zei je "verdomme"?' riep V uit. 'Ik ga meteen je ouders bellen, dan kunnen we het gelijk in de vergadering gooien als ze terug zijn.'

'Wat bedoel je met "neuroot"?'

'Kijk in de spiegel,' zei V. 'Als er iemand neurotisch is, ben jij het. Je bent zo gespannen dat je niet eens kunt lachen.'

'Wat een onzin!'

'Oh ja? Waarom laat je je dan nooit eens gaan?'

'Zoals sómmige losbollen zeker.'

V deed een stap naar me toe. We stonden nog geen meter

van elkaar en de spanning tussen ons was om te snijden.

'Gaat het weer over mij en Travis Hart?' vroeg V.

'Jij begint erover.'

'Wil je daar eindelijk eens over ophouden, verdomme!' schreeuwde V. 'Het was dom van me, en misschien heb ik er wel spijt van, maar je hoeft het me toch niet eeuwig te blijven verwijten? Hou erover op!'

'Nooit!' schreeuwde ik terug. 'Ik snap niet hoe je dat hebt kunnen doen. Ik vergeef het je nooit!'

'Maak dan verdómme dat je wegkomt!'

'Ik ga wanneer ik dat wil...'

V gaf me een duw tegen mijn schouder. Ik duwde haar terug, maar blijkbaar harder dan zij, want ze wankelde achterover en greep zich met een verbijsterd gezicht vast aan het voeteneind van haar bed.

Ik stormde haar kamer uit. Toen ik beneden kwam, pakte ik mijn autosleutels, rende naar mijn auto en scheurde de oprit af.

Ik reed het hele eind naar Lake Ontario. In eerste instantie was ik te boos om na te kunnen denken. Maar na een paar kilometer moest ik op mijn onderlip bijten om niet in huilen uit te barsten.

Toen ik bij Lake Ontario aankwam, draaide ik links de snelweg op en reed een eindje door naar het westen, tot ik bij Hamlin Beach State Park kwam, waar ik een parkeerplaatsje vond aan de rand van het terrein, met uitzicht over het meer.

Ik zette de motor af en staarde over het staalgrijze water. Het meer was ruw, met ruige witte koppen. Lake Ontario is zo groot dat je Canada niet eens aan de andere kant kunt zien liggen. Een paar jaar geleden was ik een keer met Bethany en haar vader op het meer gaan zeilen. We waren zo ver het water op gevaren dat we de oever niet meer konden zien. Ik kreeg een paniekaanval en begon te hyperventileren, maar dat heb ik waarschijnlijk zo goed verborgen weten te houden dat niemand het heeft gemerkt.

Zou V me neurotisch vinden omdat ik mijn gevoelens niet uit? Of bedoelde ze dat ik te preuts ben, omdat ik Travis te hard van stapel vond lopen? Ik heb haar nooit iets verteld, maar ze zat er die keer in de badkamer, toen ze net in Brockport was gearriveerd, niet ver naast.

Misschien heeft V gelijk. Misschien ben ik echt een neurotisch geval. Misschien heb ik een of andere genetische afwijking, net als Baxter, en blijf ik de rest van mijn leven vrijgezel. Misschien ga ik ook tegen kinderen blaffen en loeien. De tranen sprongen in mijn ogen. Ik keek omhoog naar de meeuwen die zich boven het water op de wind lieten meevoeren. Zo te zien stond er een stevige bries, want ze werden telkens door een windvlaag opzij geblazen. Ik rilde. Ik had alleen een spijkerbroek en mijn Yale-sweater aan. Ik was zo snel de deur uit gerend dat ik vergeten was een jas mee te nemen.

Ik kon nog steeds niet geloven dat ik V zo hard had geduwd. Zoiets had ik nog nooit gedaan. Ik weet ook wel dat ze vervelend was en dat ze zelf was begonnen, maar ik zie haar geschrokken gezicht nog voor me...

Ik begon weer te huilen. Het was zo koud in de auto dat de lucht pijn deed aan mijn wangen. Ik veegde mijn gezicht af met de mouw van mijn trui en startte de motor. Terwijl de auto zich vulde met warme lucht, keek ik op het klokje. *Verdorie!*

Ik was helemaal vergeten dat ik dansimprovisatie had, die nu al half voorbij was.

Die avond in de Common Grounds kwam mijn wens uit.

'Claudia is ziek,' zei James toen ik mijn jas achter de bar aan de kapstok hing. 'Ze belde een uur geleden af. Ze komt vanavond niet.'

'Toch niets ernstigs?'

'Het klonk als een griepje... Ik denk dat ze er binnen een paar dagen wel weer bovenop is.' James nam me aandachtig op. 'Maar hoe is het met jóú?'

Ik dacht dat ik me aardig had hersteld. Toen ik thuiskwam van mijn ritje naar het meer, zat V boven op haar kamer muziek te luisteren. Ik had me gedoucht, mijn haren geföhnd, gegeten, en was vervolgens hierheen gereden. Mijn ogen waren nog een beetje dik van het huilen en ik had me afgereageerd op een puistje, maar dat had ik zorgvuldig met foundation gecamoufleerd.

'Ik voel me prima,' zei ik. 'Hoezo?'

'Je ziet er een beetje ontdaan uit.'

Ik schudde mijn hoofd. 'Nee, hoor... ik voel me prima.'

'Weet je wat? Ga jij maar even lekker zitten,' zei hij, en hij gebaarde naar een kruk, 'dan maak ik een kop lekkere McCloskey-kamillemuntthee voor je.'

'McCloskey-kamillemuntthee?'

James pakte twee bekers en liep naar de bussen met theeblaadjes. 'Een geheim familierecept. Het is een melange van kamille, pepermunt en nog een paar andere ingrediënten.

Werkt altijd, of je nu een gebroken hart hebt of futloos haar.'
Ik grinnikte. 'Futloos haar? Zou dat het probleem zijn?'
James keek me glimlachend over zijn schouder aan. 'Nee,
jouw haar ziet er prachtig uit.'
Even voelde ik weer die tinteling tussen ons. Ik keek snel naar
mijn handen. James draaide zich om naar de theebussen.
Het was een stormachtige avond, dus we hadden weinig
klanten. James zette nog twee koppen McCloskey-kamille-
muntthee voor ons, wat een heerlijk zoete, kalmerende melange bleek te zijn. We zaten bijna de hele avond te lachen en
te praten op onze barkruk achter de bar, en kwamen er alleen vanaf om naar het toilet te gaan. Toen ik op een bepaald
moment op het toilet mijn handen stond te wassen, keek ik
in de spiegel. Ik had een blos op mijn wangen, mijn ogen
glansden en mijn haar viel warrig in mijn gezicht.
En zal ik je eens wat vertellen, V? Ik glimlachte!
Terwijl ik terugliep naar de bar, streek ik mijn haren achter
mijn oren, maar mijn glimlach liet zich niet bedwingen.
James en ik kletsten over van alles en nog wat, van Brockport tot boeken en het leven in het algemeen. We hadden het
over de meest alledaagse dingen. Bijvoorbeeld dat als je een
labeltje uit je T-shirt knipt omdat het kriebelt, je vaak nog
verder van huis bent omdat het randje dat blijft zitten nog
meer schuurt. Of waarom je altijd knoeit met een pak sojamelk als je het hebt opengemaakt, alsof de mensen die het
pak hebben ontworpen het nooit zelf hebben geprobeerd.
Of waarom mensen in de supermarkt altijd aan de rechter-
kant van het gangpad lopen, net zoals we op straat rechts rijden. Hielden we altijd al rechts en rijden auto's daarom ook
rechts? Of komt het door de auto dat we rechts zijn gaan

lopen en, zo ja, aan welke kant liepen de mensen dan voordat de auto werd uitgevonden?

Soms, zoals toen we het over het rechts lopen hadden, lagen we zo dubbel van het lachen dat onze knieën elkaar eventjes raakten, en dan ging er meteen een rilling door me heen.

Nadat we het een tijdje over mijn toekomstige studie aan Yale hadden gehad, zei ik tegen hem: 'Mag ik je iets vragen?'

'Natuurlijk.'

'Waarom ben je nooit... Heb je nooit willen gaan studeren?'

'Mijn óúders wilden dat ik ging studeren.'

'En jijzelf niet?'

'Jawel, en misschien komt het er ook nog wel van. Maar op de een of andere manier doe ik de dingen liever in mijn eigen tempo. Toen ik eindexamen had gedaan en iedereen zo snel mogelijk naar de universiteit wilde, wilde ik juist niets liever dan het echte leven leren kennen.'

'Wanneer ben je dan precies met de Common Grounds begonnen?'

'Na de middelbare school vond ik een etage in Presidents Village en een baan bij Starbucks in het winkelcentrum. Na een jaar besloot ik voor mezelf te beginnen. Ik vroeg een kleine lening aan en volgde een cursus koffiebranden.'

'Wat vonden je ouders daarvan?'

'Die zagen het in het begin absoluut niet zitten. Ik was cum laude geslaagd, kon op elke universiteit terecht, zat in het zwemteam, noem maar op. Ze hadden die bumpersticker van de Ivy League bij wijze van spreken al besteld.'

Vertel mij wat!

'Maar natuurlijk moet iedereen voor zichzelf beslissen wat

hij wil,' voegde James er snel aan toe. 'Ik vind het geweldig dat jij naar Yale gaat. Dit ging... gaat... over mij. Ik doe de dingen liever in mijn eigen tempo.'

'Hoe denken je ouders er nu over?'

'Nu zeuren ze me de oren van het hoofd voor gratis pakken koffie!' zei James lachend. 'Natuurlijk zouden ze graag zien dat ik ging studeren. Maar als ik daarvoor kies, doe ik dat voor mezelf, en op mijn eigen voorwaarden.'

We keken allebei een poosje zwijgend voor ons uit. Ik stelde me voor hoe mijn ouders zouden reageren als ik zou besluiten niet naar Yale te gaan en een etage in Brockport te zoeken. Ik moest bijna lachen als ik aan hun gezichten dacht. *Bijna.*

'Krijg nou wat,' zei James ineens. 'Het is al tien minuten na sluitingstijd.'

Ik keek om me heen. Ik had niet eens gemerkt dat de laatste klanten vertrokken waren en de bekers en lege bordjes op de tafeltjes hadden laten staan.

'Mara?'

Ik keek James aan en zag tot mijn verbazing dat hij nerveus was, terwijl hij altijd de rust zelve is.

'Ja?'

'Denk je ook wel eens...' Hij zweeg.

Ja, ja, dat denk ik ook wel eens, antwoordde ik hem in gedachten. Heel vaak zelfs. Maar dat zeg ik niet hardop. Want als ik dat wel doe, dan is het gezegd, en wat gezegd is...

James schudde zijn hoofd en maakte plagend met zijn hand mijn haar door de war.

Op de een of andere manier voelde ik me teleurgesteld.

Die nacht in bed bleef ik aan James denken.

STOP!

Ik rolde van mijn ene op mijn andere zij. Ik ging op mijn rug liggen. Ik trok mijn kussen over mijn hoofd en rolde mezelf op. Maar wat ik ook deed, ik kreeg James niet uit mijn gedachten.

STOP! STOP! STOP!

James is mijn baas, zei ik tegen mezelf. Hij is tweeëntwintig, even oud als Aimees geliefde, verdorie. Hij is kleiner dan ik. Hij wil voorlopig niet gaan studeren, woont op een etage in Brockport en deed eindexamen toen ik nog in de brugklas zat. Hij heeft een staartje. Een kleine, tweeëntwintigjarige schoolverlater met een staartje.

Maar mijn grootste bezwaar was dat Claudia van James hield. Ik voelde me gemeen en achterbaks. Eigenlijk was ik nog een graadje erger dan V, omdat ík niet eens van Travis hield. Maar Claudia houdt van James, zelfs als híj niet van haar houdt.

Maar dan zei ik weer tegen mezelf: *Nee, nee, ik heb niets met James gedaan, en al helemaal niet wat V met Travis heeft gedaan. Ik ben onschuldig. Zo is het toch?*

Natuurlijk, hield ik mezelf voor. Je hebt niets met James gedaan. Je bent onschuldig. Er is niets gebeurd. NIETS.

Maar terwijl ik wakker lag in mijn bed, kon ik aan niets anders denken dan aan James.

10

Zaterdagavond belde mijn vader vier keer. De eerste keer om een uur of zeven, toen mijn moeder en hij door Tampa reden op zoek naar een restaurant. Na de gebruikelijke vragen zoals 'Heb je iets gegeten?' en 'Zijn de deuren op slot?' vroeg hij of V al thuis was.

'Nee,' zei ik. 'Ik denk dat ze nog aan het repeteren is voor de musical.'

Eerlijk gezegd had ik geen flauw idee waar V uithing. Sinds onze ruzie de vorige dag hadden we elkaar niet meer gezien. Ik ging ervan uit dat ze een excuusbrief had geschreven en weer naar de repetitie was gegaan. Maar toen ik wakker werd, was ze al verdwenen en de rest van de dag had ik niets meer van haar gehoord.

Drie minuten later belde mijn vader weer. 'Ik heb haar op haar mobiel gesproken. Ze zit in de Pizza Hut met de rest van de cast.'

'Oh.'

'Gaat het wel goed tussen jullie?'

'Prima. Maak je geen zorgen.'

'Ouders horen bezorgd te zijn,' zei mijn vader.

Twee uur later belde hij weer. Mijn moeder en hij zaten net aan hun dessert en hij wilde weten of V al thuis was.

'Nog niet,' zei ik.

'Heb je haar nog gesproken?'

'Nee.'

'Er is toch niets aan de hand, hè?'

'Nee, hoor,' loog ik.

Vijf minuten later ging de telefoon weer.

'V zit bij Friendly's,' zei hij. 'Ze zijn een ijsje aan het eten.'

'Leuk voor d'r.'

Ik weet niet of mijn vader het sarcasme in mijn stem had gehoord, maar hij zei er niets over. Wel zei hij dat als V om elf uur nog niet thuis was, ik hem terug moest bellen. Nadat we afscheid hadden genomen, voegde hij er nog aan toe dat ze de volgende dag met een vroege ochtendvlucht thuis zouden komen en dat ik een bericht op zijn mobiel kon achterlaten voor het geval ik hem nodig had. En dat hij me zou bellen zodra ze op het John F. Kennedy-vliegveld zouden overstappen.

Toen het gesprek ten einde was, bedacht ik dat een mobieltje in de handen van de verkeerde persoon behoorlijk irritant kan zijn.

Hoewel V om elf uur nog niet thuis was, was ik niet van plan mijn vader te bellen. Ik zat achter mijn bureau mijn mappen te ordenen, zodat ik maandag goed voorbereid naar school kon gaan. Travis lachte me altijd uit om de manier waarop ik elke week mijn aantekeningen ordende en overschreef als ik ze te slordig vond, artikelen op alfabet rangschikte en de dingen die de leraren hadden gezegd nog eens onderstreepte voor het geval er tijdens een toets naar werd gevraagd. Opeens hoorde ik een auto de oprit op rijden en stemmen in de keuken. Een paar minuten later kwam er nog een auto aanrijden en vervolgens nog een. De televisie werd keihard aangezet; zo te horen was het de dvd van *Damn Yankees*. Toen de geur van uitgebakken spek mijn kamer binnen walmde, stond ik op om te kijken wat ze allemaal aan het uitspoken waren.

Er zaten vijf mensen op de bank gepropt en twee anderen zaten verstrengeld in een leunstoel. V was er niet bij, maar afgezien van een paar broodmagere derdeklassers kende ik ze allemaal van naam. Het waren de leden van de dramaclub. Terwijl ze naar *Damn Yankees* keken, brulden ze de liedjes mee met de dvd.

Een derdeklasser, genaamd Nevin, keek me aan en zei: 'Wat doe jij hier?'

'Ik woon hier,' antwoordde ik.

'Woon je hier? In V's huis?'

'Toevallig,' zei ik, 'woont V in mijn huis.'

Op dat moment ging de rookmelder af en begon er iemand luidkeels te gillen. Ik rende naar de keuken, waar een totale chaos heerste. Op de vloer lagen sportschoenen, laarzen en verfrommelde sokken. Een deel van het aanrecht lag bezaaid met borden, bloem en eierschalen. Op het andere deel zaten nog twee dramatypes – een gillende Andrea Kimball en Brian Monroe, die net een pak sinaasappelsap aan zijn mond zette. Ash Robinson – heel toepasselijk gecast als verslaggever in het stuk – zat op een kruk. Leesa's oudere broer, T.J., stond met een spatel in de aanslag boven een pan met een pannenkoek. Uit een andere pan, waarin spek werd uitgebakken, steeg een walm op als uit een vulkaan, maar niemand leek dat te merken want alle ogen waren op V gericht.

V, die met haar rug naar me toe stond, hield een zwabber in de lucht en probeerde de rookmelder daarmee tot zwijgen te krijgen. Ze sloeg er net zo lang mee totdat de melder in tweeën brak en het geluid verstomde. Even was het doodstil. Vervolgens zette T.J. het vuur onder de pan met spek wat lager. Brian gaf het pak sinaasappelsap door aan Andrea. V had de zwabber op de grond gezet maar keek nog steeds omhoog naar de defecte rookmelder.

'Moest dat zo agressief?' vroeg ik.

V draaide zich naar me toe en zei uit de hoogte: 'Dat moet jij nodig zeggen. Als hier iemand agressief is, ben jij het. Wil je mijn blauwe plekken soms zien?' Ze wees met de zwabber in mijn richting. 'Maar nu kun je me lekker niets doen, want ik ben gewapend.'

'Hou daarmee op!' siste ik. Ik keek om me heen. Niemand leek acht op ons te slaan, behalve Ash, die nieuwsgierig van V naar mij keek en weer terug.

'Ik plaag je maar,' zei V. 'Het was maar een duwtje. Ik ga heus geen aangifte doen, hoor.'

'Hou op!'

'Jij kunt ook slecht tegen een grapje.'

'Ja,' zei ik. 'Heel slecht.'

Ik liep naar de bijkeuken en trok mijn laarzen en mijn jas aan. Ik zag V heupwiegend achter T.J. staan en in zijn nek hijgen. Andrea en Brian waren aan het bekvechten over of het nu een pannenkoekmes of een spatel heet. Ash stond alles aandachtig in zich op te nemen.

Ik pakte mijn autosleutels en sloop naar buiten. Ik wilde een beetje rondrijden en naar muziek luisteren, maar tot mijn ergernis stonden er drie auto's achter de mijne geparkeerd.

'Mara?' Ash stak haar hoofd om de achterdeur. 'Alles oké met je?'

'Ja, hoor.'

'Waar ga je heen?'

'Nergens.'

'V en T.J. zien het wel zitten met elkaar, geloof ik. Gisteren kwam ik Leesa tegen in het winkelcentrum en die zei dat...'

Ik kapte haar meteen af. 'Ik hoef niks over V te horen. Oké?'

Ash kwam de oprit oplopen. 'Waarom heb je zo de pik op haar? Je mag blij zijn dat ze het voor je heeft opgenomen.'

'Voor me heeft opgenomen?'

De buitenverlichting was aan, zodat ik Ash kon zien glimlachen. 'Je weet toch wel dat V gisteren door mevrouw Green uit de repetitie is gestuurd?'

'Ja, omdat ze iemand had uitgescholden.'

Ash kruiste haar armen voor haar borst. 'Dat is zwak uitgedrukt. Ik heb nog nooit iemand zo horen vloeken. Die choreograaf wist niet of hij heel hard moest weglopen of haar wurgen.'

'Choreograaf?'

'Meneer Hendrick.'

Oh mijn god.

Ineens herinnerde ik me vaag dat V had gezegd dat mevrouw Green iemand van de universiteit had aangenomen als choreograaf voor de musical van dit jaar, maar ik had er geen moment aan gedacht dat dat mijn zweterige leraar dansimprovisatie zou zijn.

Ash vertelde me dat meneer Hendrick gisteren tijdens de repetitie een ingewikkelde figuur voor V's eerste nummer had voorgedaan. Toen V alles meteen de eerste keer goed deed, merkte hij op dat ze onmogelijk familie kon zijn van 'die on-getalenteerde Mara Valentine, want zo'n stijve hark had hij nog nooit meegemaakt'.

Mijn adem stokte in mijn keel. 'Wat zei V toen?'

'Nou.' Ash zweeg even voor het effect. 'V raakte compleet buiten zinnen. Ze begon te vloeken en waarschuwde hem dat ze hem nog wel zou krijgen als hij het ooit nog eens zou wagen iets over haar familie te zeggen.'

'Nee! Dat geloof ik niet.'

Ash knikte. 'Mevrouw Green zei dat ze het vervelend vond om V eruit te sturen, omdat volgens haar meneer Hendrick compleet buiten zijn boekje was gegaan, maar ze moest nu eenmaal een voorbeeld stellen voor de rest van de cast.'

Mijn hoofd tolde. Ik kon niet geloven dat meneer Hendrick me in het bijzijn van de cast van *Damn Yankees* had vernederd. En dat V het voor me had opgenomen. Ik had eerder ver-wacht dat ze de kans zou hebben gegrepen om me nog ver-der naar beneden te halen door te zeggen dat ik niet alleen niet kon dansen maar ook een neurotisch moederskindje was dat nog steeds met de navelstreng aan haar ouders vast-zat.

Ash keek me verwachtingsvol aan.

'Ik denk dat ik een stukje ga wandelen,' zei ik.

Voordat Ash iets kon zeggen, liep ik de oprit af.

Ik wist precies waar ik naartoe ging, maar mocht er van me-zelf niet aan denken.

In plaats daarvan stak ik mijn handen diep in mijn jaszak-ken en begon te lopen. De lucht was roze en nevelig. De huizen waren donker en de straten leeg. Afgezien van een enkele passerende auto was Brockport in diepe slaap verzonken.

In College Street sloeg ik rechtsaf en in Main Street linksaf. Ik liep langs mijn oude kleuterschool en langs de bloemisterij, waar ik voor het vorige winterbal Travis' corsage had gekocht. Ik passeerde de Common Grounds, die al was gesloten, en langs het postkantoor waar ik mijn inschrijfformulier voor Yale op de post had gedaan. Ik bleef even staan voor de enorme stalen ophaalbrug over het Eriekanaal, die het noorden en zuiden van Brockport met elkaar verbindt.

Terwijl ik langzaam de brug over ging, probeerde ik niet door de grote openingen naar het inktzwarte water te kijken. Aan de overkant liep ik over het hobbelige pad de heuvel af langs de Pizza Hut, waar ik mijn allerlaatste hap kaas had genomen voordat ik veganist werd. Uiteindelijk kwam ik via West Avenue op Presidents Village terecht.

Ik was al eens eerder in James' flat geweest. Dat was vorig jaar in de lente, toen Claudia en ik er onze looncheques moesten ophalen omdat de computer van de Common Grounds kapot was.

Claudia. Aan Claudia wilde ik op dit moment niet denken.

Ik wandelde over het smalle paadje totdat ik bij zijn flat kwam. Het was al over twaalven, en daarom klopte ik zachtjes op de deur, bijna hopend dat James al zou slapen.

'Ja?' hoorde ik James na een kort ogenblik zeggen.

Oh god. Oh god. Oh god.

'Wie is daar?' vroeg hij.

'Ik ben het,' piepte ik met dichtgeknepen keel.

Stilte.

'Mara?'

Ja. Mara. Ik sta midden in de nacht bij jou voor de deur. Ik ben niet goed wijs.

Ik hoorde voetstappen dichterbij komen en de deur van de grendel gaan. Het volgende moment keek ik in het slaperige gezicht van James. Zijn haar hing los op zijn schouders en hij droeg een grijs T-shirt met lange mouwen en een vale spijkerbroek, waarin ter hoogte van zijn dij een gat zat.

'Sorry,' zei ik. 'Sliep je?'

Wat een domme opmerking! Natuurlijk lag hij te slapen!

James schudde zijn hoofd en zei: 'Nee, nee, geeft niet.' Maar vervolgens gaapte hij hartgrondig.

Ik moest lachen.

'Oké, misschien sliep ik ook wel,' zei hij glimlachend. 'Maar ik ben met een boek op de bank in slaap gevallen, dus ik lag nog niet in bed of zo.'

'Ik was een stukje aan het wandelen en ik dacht...'

'Je hoeft je niet te verontschuldigen,' zei James met een grijns. 'Ik weet wel waarom je hier bent.'

'Oh ja?'

'Je wilt nog een kopje van die heerlijke McCloskey-kamille-muntthee. Wij McCloskeys weten dit al jaren. Geef iemand een kopje en ze komen elke dag bij je aan de deur. Maar daarom geven we die thee alleen aan mensen die we aardig vinden. Dus, kom binnen... Dan zal ik thee voor je zetten.'

'Dus... je vindt het niet vervelend?'

James zette de deur wijdopen en ik liep zijn flat binnen. Toen hij achter me ging staan om mijn jas aan te nemen, liet hij zijn handen een paar seconden te lang op mijn schouders rusten.

Hij legde mijn jas over een stoelleuning. 'Ik ben even in de keuken. Doe alsof je thuis bent.'

Ik trok mijn laarzen uit en zette ze netjes naast elkaar bij de deur. Vervolgens liep ik de woonkamer in, waar meer boeken stonden dan in de bibliotheek van Brockport. Ik ging op de bank zitten en trok mijn benen onder mijn zitvlak. Op de bank lag een opengeslagen exemplaar van *The Poisonwood Bible*. Interessant, want de avond ervoor had ik hem verteld dat dat mijn favoriete roman van Barbara Kingsolver was. Hij had gezegd dat hij dat boek thuis in de kast had staan maar nog nooit had gelezen. Nog interessanter was het dat ik die ochtend naar de boekwinkel was gereden om *High Fidelity* te kopen, omdat James me de vorige avond had verteld dat dat zijn favoriete boek van Nick Hornby was.

James kwam met twee bekers thee de kamer in. Op de een of andere manier kon ik mijn ogen bijna niet afhouden van zijn brede schouders onder zijn strakke T-shirt. Mijn blik gleed naar het gat in zijn spijkerbroek. Ik had zo sterk de neiging om hem daar aan te raken dat ik gauw op mijn handen ging zitten.

James zette een beker voor me op tafel, schoof *The Poisonwood Bible* weg en kwam naast me op de bank zitten. Hij boog zich voorover om zijn beker op de grond te zetten.

'Hoe vind je het?' vroeg ik, op het boek wijzend.

'Ik kom er een beetje moeilijk in, maar ik denk wel dat het de moeite waard is.'

'Dat is het zeker,' zei ik.

Omdat ik het gat in James' spijkerbroek nu niet meer kon zien, durfde ik mijn ene hand onder me vandaan te halen om mijn beker te pakken.

'De thee is gloeiend heet, hoor,' zei James. 'Laat hem nog maar even staan.'

Ik zette de beker weer neer en legde mijn hand op mijn schoot. Allebei staarden we recht voor ons uit, als passagiers in een vliegtuig. Er hing een ongemakkelijke sfeer, wat me verbaasde omdat James en ik ons altijd zo op ons gemak voelen in elkaars gezelschap. Maar ja, we waren dan ook nog nooit met z'n tweetjes midden in de nacht alleen in zijn flat geweest, terwijl een van ons ook nog eens een spijkerbroek met een gat erin aanhad.

Uiteindelijk zei James: 'Wist je dat ik vandaag zo'n shirt met een afgeknipt etiketje heb aangetrokken? Het jeukte zo erg dat ik het weer heb uitgedaan. Toen moest ik aan jou denken.'

'Da's toevallig,' zei ik. 'Toen ik vandaag een pak sojamelk openmaakte en er een hele plens naast mijn mueslibakje golfde, moest ik aan jou denken.'

James lachte. 'Wat grappig dat we op dat soort momenten aan elkaar denken.'

'Ik moet wel vaker aan je denken.' Terwijl ik het zei, sloeg mijn hart een slag over want ik besefte hoe dat moest klinken.

James pakte zijn beker en nam voorzichtig een slokje. Toen hij zijn beker weer op de grond zette, was ik er bijna zeker van dat hij iets dichter naar me toe schoof.

'Sneeuwt het al?' vroeg hij.

Ik schudde mijn hoofd.

'Er zou drie tot vijf centimeter vallen vanavond.'

'Oh ja?' zei ik. 'Zoveel?'

James knikte.

Stilte.

Mijn voeten sliepen, en daarom strekte ik mijn benen voor me uit. Terwijl ik dat deed, schoof ik iets dichter naar James toe.

'Leuke flat heb je,' zei ik.

'Dank je. Je bent hier toch wel eens eerder geweest?'

Ik knikte. 'Vorig jaar, in de lente. Toen ik met...' Ik zweeg even. 'Toen ik mijn looncheque kwam halen.'

'Oh ja, dat is waar ook. Toen de computer in de Common Grounds kapot was.'

'Klopt.'

Weer een stilte.

Hoewel we in stijve zinnetjes spraken, leek het alsof er achter iedere stembuiging een diepere betekenis lag. Ik was me hyperbewust van James' benen en armen, en vooral van zijn hand die hij nu op de lege plek op de bank tussen ons in schoof.

Ik legde mijn hand vlak naast de zijne op de bekleding, zodat ze nu nog maar een paar centimeter van elkaar verwijderd waren.

Toen zette James de eerste stap.

Hij legde zijn hand op mijn hand en vlocht zijn vingers door de mijne. Ik draaide mijn hand om zodat onze handpalmen elkaar raakten. Geen van ons zei iets. Ik geloof zelfs dat ik niet eens meer ademhaalde.

James boog zich naar me toe. Ik boog me naar hem toe. Ik hield nog steeds zijn hand vast en sloot mijn ogen. Ook toen onze lippen elkaar raakten, hielden we nog even elkaars hand vast. Zijn haren streken langs mijn wang. Hij smaakte zoet, naar kamille en munt. We drukten onze tongen voorzichtig tegen elkaar en deden toen onze monden weer dicht. James streelde mijn nek en liet zijn handen over mijn schouders glijden. Net toen ik in zijn armen lag weg te smelten, werd ik ruw uit mijn dromen wakker geschud.

CLAUDIA! OH MIJN GOD! CLAUDIA! CLAUDIA! OH MIJN GOD!

Ik deinsde achteruit en liet James' hand los. Dit kan niet. Ik ben slecht. Ik ben...

'Wat is er?' vroeg James. Hij keek me bezorgd aan. Ik had zijn ogen nog nooit van zo dichtbij gezien. Nu zag ik pas dat er gele vlekjes in zaten.

Ik schudde mijn hoofd. 'We mogen dit niet doen.'

'Het hoeft niet. Als je niet wilt, dan...'

'Ik moet naar huis.' Haastig stond ik op en rende naar de hal.

'Kun je me vertellen wat er aan de hand is?' vroeg James, terwijl hij me achternaliep.

Ik strikte de veter van mijn ene laars en vervolgens de andere.

Wat er aan de hand is? Ik ben een achterbakse verrader. Ik had hier nooit naartoe mogen komen en nu moet ik zo snel mogelijk weg, voor het te laat is. Elke seconde die ik hier nog langer ben, maakt het alleen nog maar erger.

James gaf me mijn jas aan. 'Zal ik je dan naar huis brengen?'

'Nee, ik loop wel,' zei ik.

Hij zoog zijn wangen vol lucht en liet ze langzaam leeglopen.

'Weet je het zeker?'

Ik knikte en ging de deur uit.

Van de wandeling naar huis kan ik me niets herinneren. Het was gaan sneeuwen. Dikke, natte vlokken. Mijn keel voelde schraal en droog aan. Ik was zo moe dat ik niet eens kon nadenken, wat misschien maar beter was ook.

Het enige wat ik me herinner, is dat ik me in de straten waar ik mijn hele leven heb doorgebracht volkomen verloren voelde.

11

Toen ik de volgende ochtend wakker werd, deed mijn keel zo zeer dan ik niet kon slikken. Het duurde even voordat ik me herinnerde wat er de avond ervoor was gebeurd, maar toen het tot me doordrong, bloosde ik tot aan mijn tenen.

Er viel een fel licht door de kier tussen mijn gordijnen naast mijn bed. Ik rolde op mijn zij en keek uit het raam. Er lag een dik pak sneeuw, dat zo wit was dat het bijna blauw leek. Er lag sneeuw op de geparkeerde auto's, op de struiken, die doorbogen onder het gewicht, in de voortuintjes, die waren veranderd in glanzende spiegels.

Ik sloot het gordijn en trok het dekbed over mijn hoofd.

Ik ben een gemeen kreng, dacht ik bij mezelf. Een gemeen, achterbaks kreng. Ik ben degene geweest die Claudia steeds maar weer heeft aangemoedigd achter James aan te gaan. Ik ben een slecht mens.

Ik moet weer in slaap zijn gevallen. Toen ik een tijdje later wakker werd deed mijn keel nog meer pijn dan daarvoor. Ik hoorde de telefoon overgaan, maar er werd al na een paar keer opgenomen. Waarschijnlijk door mijn vader of mijn moeder. Nee, onmogelijk. Als ze terug waren uit Florida, waren ze me wel even gedag komen zeggen. Ik vroeg me af hoe laat het was, maar ik was te moe om op de klok te kijken. Ik dommelde weer weg en werd opnieuw gewekt door de telefoon. Al mijn holten zaten dicht. Mijn spieren en gewrichten deden pijn. Ik wilde alleen maar slapen. Slapen en vergeten hoe rot ik me voelde. Slapen en vergeten wat er de afgelopen nacht was gebeurd.

Er werd op mijn deur geklopt.

'Binnen,' riep ik met hese stem.

'Hoe gaat het?' vroeg V. 'Je klinkt ziek.'

Ik keek haar met half dichtgeknepen ogen aan. Ze had haar haren samengebonden in een hoge paardenstaart en droeg een geruite pyjamabroek en een oud overhemd van mijn vader.

'Moet je niet naar de musicalrepetitie?'

Toen V haar hoofd schudde, zwiepte haar paardenstaart mee.

'Die is afgelast vanwege de sneeuwstorm.'

'En mijn ouders? Heb je nog iets van ze gehoord?'

'Ze hangen al de hele ochtend aan de telefoon. Ze zitten vast in New York City, want het vliegveld in Rochester is gesloten. Ze kunnen morgen pas terugvliegen. Er is zelfs geen hotelkamer meer te krijgen.'

'Wat zijn ze nu van plan?'

'Je moeder zei dat ze vannacht bij Mike en Phyllis blijven logeren.'

'Oh... de Shreves.' We zien elkaar om de zoveel jaar. Mijn moeder en Mike groeiden samen op in een stadje nabij Boston. Hun ouders waren bevriend en mijn moeder paste als tiener wel eens op Mike.

'Je moeder vertelde dat Aimee en ik vroeger wel eens met hun dochter, Virginia, naar de dierentuin zijn geweest, maar daar kan ik me niets van herinneren.'

Ik zei niets. Mijn keel deed zo'n pijn dat het leek alsof ik glasscherven had doorgeslikt.

'Kan ik wat voor je halen?' vroeg V na een poosje. 'Sinaasappelsap, of misschien een glaasje water?'

Ik schudde mijn hoofd.

'Ik zal je alleen laten, dan kun je weer gaan slapen.'

V trok de deur dicht, maar liet hem op een kiertje openstaan. Ik moet opnieuw in slaap zijn gevallen, want toen V weer mijn kamer binnen kwam, lag ik net onrustig te dromen. Ik herinner me niet meer waarover, maar wel dat ik met mijn tanden had geknarst.

'Sorry dat ik je wakker maak,' zei ze. 'Ik heb tegen je ouders gezegd dat je ziek bent. Je vader zei dat je echinacea-thee moet drinken, dus dat heb ik even voor je gezet.' V zette de beker op een onderzettertje op mijn nachtkastje. 'Ik heb er maar geen honing in gedaan, want ik wist niet zeker of veganisten honing mogen.'

'Dank je,' zei ik. Het verbaasde me dat ze wist dat sommige veganisten geen honing eten, omdat ze dat een vorm van uitbuiting van bijen vinden. Ikzelf heb er geen moeite mee, maar ik waardeerde het gebaar.

V beet op haar duimnagel. 'Ik wou nog even zeggen dat ik de rookmelder heb gerepareerd. Ik heb hem met een lucifer getest en hij doet het nog.'

Ik wist niet wat ik moest zeggen. Ik trok mijn dekbed over mijn schouders.

V keek mijn kamer rond. 'Mara?'

'Ja?'

'Het spijt me wat ik gisteren heb gezegd... over die blauwe plekken en zo. Soms heb ik een te grote mond. Het was een domme opmerking.'

'Het was toch maar een grapje? Ik ben soms gewoon te snel

op mijn teentjes getrapt.' Ik zweeg even, en zei toen: 'Het spijt me dat ik je zo hard heb geduwd.'

'Het spijt mij ook dat ik jou heb geduwd.'

Ik kreeg een brok in mijn keel. V's gezicht betrok, alsof ze op het punt stond in huilen uit te barsten. Ze liep naar de deur, maar net voordat ze de gang op liep, zei ik: 'V?'

Ze draaide zich om. 'Ja?'

'Nogmaals bedankt voor de thee.'

'Graag gedaan.'

De rest van de dag bracht ik doezelend door. Ik stond een paar keer op om te plassen of een beetje appelmoes te eten, maar kroop daarna zo snel mogelijk weer in bed.

Toen ik aan het begin van de avond met een paar kussens in mijn rug *High Fidelity* lag te lezen, ging de telefoon. Niet veel later stak V haar hoofd om mijn slaapkamerdeur.

'Een zekere James van de Common Grounds voor je aan de telefoon,' zei ze. 'Zal ik hem doorverbinden?'

Mijn maag kromp samen. Ik had de avond in James' flat proberen te vergeten, maar toen ik V zijn naam hoorde noemen, wilde ik me het liefst onder mijn dekbed verstoppen en nooit meer tevoorschijn komen.

'Nee,' zei ik kalm. 'Zeg maar dat ik niet aan de telefoon kan komen. Zeg maar dat ik slaap.'

Ik was het grootste deel van de week ziek. Maandag hadden we vrij vanwege de sneeuwstorm, zodat ik geen lessen miste. Toen mijn ouders 's middags thuiskwamen van het vliegveld, zetten ze twee koppen echinacea-thee voor me en lieten ze me een half potje vitamine C slikken. Omdat ik me dinsdag ondanks alle goede zorgen nog behoorlijk ziek voelde, bracht mijn vader V met de auto naar school. Mijn moeder belde naar school om Rosemary te vragen of ze tegen de leraren wilde zeggen dat ze mijn huiswerk aan V konden meegeven.

Ik sliep de hele dag en werd alleen wakker om mijn neus te snuiten. Toen V thuiskwam, gooide ze een stapel huiswerk op mijn bureau, maar ik kon er niet eens naar kijken, laat staan eraan werken. Mijn hoofd was een grote brok slijm.

Hoewel ik me woensdag nog steeds belabberd voelde, stond ik toch op om de bijlescoördinator te mailen dat ik ziek was. Daarna stuurde ik een e-mail aan mijn docent statistiek aan de universiteit, waarin ik hem uitlegde waarom ik de dag ervoor niet was geweest en hem liet weten dat ik er donderdag waarschijnlijk ook niet zou zijn. Ik wist dat ik meneer Hendrick eigenlijk ook zou moeten mailen. Ik had nu drie keer dansimprovisatie gemist – de les waaruit ik was weggelopen niet meegerekend – maar ik kon me er niet toe zetten.

Ik wilde net opstaan van mijn bureau, toen er een msn-berichtje van TravisRox188 op mijn scherm verscheen.

Heb je al een paar dagen niet gezien, schreef hij. Ben je ziek?

Yep.

Mooi! Kan ik mijn achterstand op jou nog snel ff inhalen. Ha-ha-ha-ha.

Vuile smiecht, schreef ik terug.

Bedankt voor het compliment. Beterschap... Maar doe het vooral rustig aan. :)

Ik nam niet eens de moeite te reageren. In plaats daarvan snoot ik mijn neus, nam een slokje water en bladerde door het huiswerk dat V voor me had meegenomen. Als Travis dacht me zo makkelijk te kunnen inhalen, zou hij nog lelijk op zijn neus kijken. Ik bleef twee uur aan mijn bureau zitten en las zelfs een hoofdstuk vooruit in mijn leerboek staatsinrichting. Toen ik daar eindelijk mee klaar was, liet ik me doodmoe op mijn bed vallen.

Op donderdagochtend las ik *High Fidelity* uit. Ik wilde James meteen bellen om hem zeggen dat ik het een prachtig boek vond, maar durfde het niet. We hadden elkaar sinds zaterdagnacht niet meer gesproken. Ik was voor deze week een paar avonden ingeroosterd, maar had maandagochtend naar de Common Grounds gebeld en een bericht op de voicemail achtergelaten dat ik ziek was en voorlopig niet kon komen werken. Ik had met opzet vroeg gebeld, omdat ik wist dat er dan niemand zou zijn. James niet. En zeker Claudia niet.
James had twee keer een boodschap op mijn mobieltje ingesproken. Beide keren had ik niet opgenomen, omdat ik op mijn nummermelder zag dat hij het was. Natuurlijk luisterde ik de boodschap meteen af nadat hij had opgehangen. Het waren korte berichtjes, waarin hij alleen maar vroeg of ik me al wat beter voelde en zei dat ik hem altijd thuis kon bellen als ik wilde praten.
Nee, ik wilde niet praten. Ik kón niet praten. Ik wist niet wat ik moest zeggen. Ik wist eigenlijk niet eens of ik hem nog wel onder ogen kon komen. De verleiding zou wel eens te groot kunnen zijn. Om nog maar te zwijgen van mijn schuldgevoelens.
Ik mocht van mezelf niet meer aan de leuke kanten van James denken. Zodra hij door mijn hoofd spookte, en dat was vaak, zei ik tegen mezelf dat James bezet was. Privé-eigendom. Verboden terrein. Ik zou mezelf eraan herinneren dat hij tweeën-

twintig is. Dat hij al een café had toen ik nog in de derde klas zat. Ik zou tegen mezelf zeggen dat hij niet eens naar de universiteit is geweest. Dat hij in Brockport woont. En dat ik zelf op dit moment niets liever wilde dan zo snel mogelijk uit deze stad vertrekken, in plaats van me hier te binden.

Maar zodra ik sliep, dacht ik weer aan James' leuke kanten. Ik droomde van zijn lach en van de zoete smaak van zijn lippen. Ik droomde van zijn schouders en zijn vingernagels, van de manier waarop zijn vale spijkerbroek om zijn billen spande. Een keer droomde ik zelfs dat ik mijn vinger in het gat in zijn spijkerbroek stak.

Toen ik wakker werd uit die droom, ging mijn hart zo tekeer dat het zeker een uur duurde voordat ik weer in slaap viel.

In mijn dromen breidde ik ook mijn kaasrepertoire uit. Bijna elke nacht droomde ik van de mozzarellasticks die ze bij Friendly's serveren. Ik droomde van lekkere vette pizza's met olijven en groene pepertjes. Ik droomde van taco's onder een dikke laag guacamolesaus.

's Ochtends sprak ik mezelf elke keer weer boos toe dat het afgelopen moest zijn. Ik prentte mezelf in dat ik voor het veganisme had gekozen en dat ik me aan de goede keuzen in mijn leven moest houden. Ik zei het in de loop van de dag zo vaak tegen mezelf dat ik er bijna in ging geloven.

Maar de dromen kwamen elke nacht weer terug.

12

Toen ik iets voor zonsopgang op vrijdagochtend een tissue uit de doos op mijn nachtkastje wilde trekken, voelde ik meteen dat het de laatste was. Mijn neus was de hele week zo verstopt geweest dat ik er een gezinsverpakking doorheen had gedraaid. Ik snoot mijn neus, maar toen ik de tissue in de prullenmand naast mijn bed wilde gooien, moest ik alweer niezen. Ik schoof het dekbed van me af en liep naar de bijkeuken om een nieuwe doos te halen.

Toen ik terugliep naar mijn slaapkamer, bleef ik even voor het raam in de eetkamer staan. Een grijzig licht brandde zich door de nachtelijke hemel. Over de sneeuw die zich aan weerszijden van onze oprit had opgehoopt, lag nog een donkere schaduw. Op de voederplank in de tuin was nog geen vogel te bekennen. Maar aan alles buiten was te zien dat de dag op aanbreken stond.

Misschien ben ik wel geblokkeerd, bedacht ik ineens. Misschien hou ik de teugels te strak in handen en kan ik me niet laten gaan. Maar daar ga je toch niet dood van? Als ik de juiste persoon tegenkom, kan ik misschien leren om me iets meer te ontspannen.

Travis was dus niet de juiste persoon, want die zat steeds zo te drammen en te pushen dat het samenzijn met hem meer een kwestie van wilskracht was dan iets romantisch of intiems. En ook meneer Hendrick kreeg me niet zo ver dat ik me kon laten gaan, want ook hij dwong me voortdurend iemand te zijn die ik niet ben. Het komt er gewoon op neer dat ik geen gazelle wil zijn of een appel die uit de boom valt, of welk ander idioot ding ook waarvan hij denkt dat het mijn fantasie zou moeten losmaken.

Ik nieste drie keer achter elkaar en ging terug naar mijn slaapkamer, waar ik in slaap viel totdat mijn wekker drie kwartier later afging.

Ondanks mijn loopneus voelde ik me die dag goed genoeg om naar school te gaan. Met een klein pakje papieren zakdoekjes voor me op tafel sloeg ik me door de lessen heen. Na het vierde uur ging ik naar mijn kluisje om mijn jas en tas op te halen. In plaats van meteen naar mijn auto te gaan, liep ik even bij mijn studiebegeleider binnen.

Mijn studiebegeleider heet Roberta Kerr, maar bij de eindexamenkandidaten staat ze bekend als de Poort naar de Universiteit. Ze helpt je met het invullen en opsturen van je inschrijfformulieren, cijferlijsten en aanbevelingsbrieven. Als ze van mening is dat je het verdient, is ze altijd bereid de universiteit van je keuze te bellen om een goed woordje voor je te doen. Het is heel belangrijk om met mevrouw Kerr op goede voet te staan. Godzijdank is dat mij gelukt.

Na even over ditjes en datjes gepraat te hebben zei mevrouw Kerr: 'Zo, en waar kom je precies voor?'

'Ik ben van plan het vak dansimprovisatie te laten vallen, maar ik wil niet dat dat invloed heeft op mijn gemiddelde eindcijfer of dat het op de inschrijfformulieren voor de universiteit wordt vermeld.'

'Mara, dat had ik niet van je verwacht. Is er iets mis met die les?'

Ik schudde mijn hoofd. 'Ik vind het gewoon niet leuk.'

Mevrouw Kerr draaide haar stoel naar de muur met archief-kasten. Ze haalde mijn dossier tevoorschijn en bladerde er-doorheen totdat ze het briefhoofd van de universiteit van Brockport te pakken had.

'Het is te laat om nu nog aan iets anders te beginnen,' zei ze nadat ze de formulieren had doorgekeken. 'Je hebt genoeg reserves om je examen te halen, dus dat is het probleem niet. En als je de lessen officieel laat vallen, zal dat niet op je in-schrijfformulier worden vermeld. Maar omdat je dit semes-ter maar één vak volgt en je er vorig semester twee hebt ge-volgd, heb je er in totaal maar drie gedaan als je naar Yale gaat. Zoals je weet is het de bedoeling van het versnelde pro-gramma dat je er vier haalt.'

'Ik ga deze zomer nog twee vakken volgen op de Johns Hop-kins-universiteit,' zei ik. 'U weet toch dat ik me heb opgege-ven voor het zomerprogramma?'

'Oh ja.' Mevrouw Kerr bladerde snel door mijn dossier. 'Dat is waar ook.'

'Dus als ik naar Yale ga, heb ik in totaal vijf vakken gevolgd.'

Mevrouw Kerr perste haar lippen samen. 'Weet je het heel zeker? Als we onze leerlingen opgeven voor een versneld programma, vertegenwoordigen ze Brockport High School. Hun prestaties stralen op ons af. We zien niet graag dat onze leerlingen een vak voortijdig laten vallen.' Ze zweeg even, om er vervolgens aan toe te voegen: 'Zelfs niet als ze het niet leuk vinden.'

Hoe kon ze dit tegen me zeggen? Ik ben nota bene bijna vier

jaar lang een soort ambassadrice van deze school geweest! Ik heb meegedaan aan conferenties van de model-VN en heb in de leerlingenraad én de redactie van het jaarboek gezeten. Dankzij mij is de gemiddelde score van mijn klas met een paar punten omhooggegaan. Ik ben toegelaten tot Yale, wat niet alleen een positief effect heeft op deze school maar ook op het functioneren van mevrouw Green zelf. Hoe is het mogelijk dat ik, die altijd een van de besten is, maar een steek hoef te laten vallen om uit de gratie te raken.

'Ja,' zei ik. 'Ik weet het zeker.'

'Ik neem aan dat je dit met je ouders hebt besproken?'

Nee, dat had ik niet gedaan. Anders hadden ze het wel uit mijn hoofd gepraat.

'Ja... ze vonden het goed.'

'Tja.' Mevrouw Kerr keek me teleurgesteld aan. 'Als je er zeker van bent, zal ik een e-mail naar de administratie van de universiteit sturen om te zeggen dat je het vak laat vallen.'

Nadat ik haar kamer had verlaten, ging ik naar het toilet aan de andere kant van de gang. Mijn neus zat zo verstopt dat ik eens even heel goed moest uitsnuiten. Terwijl ik een prop zakdoekjes in de afvalemmer gooide, zag ik de zwarte blokletters op de muur:

V VALENTINE IS EEN WANDELENDE SOA
= SLETTERIGE ORDINAIRE ALLESNEUKER

Deze tekst had ik al eerder gezien, om precies te zijn in de week dat de graffiti begon op te duiken. Volgens Ash was deze veruit het grofst. Toen ik de tekst voor het eerst las, viel het me op dat degene die dit had geschreven in elk geval geen spelfouten had gemaakt. Maar nu drong het pas tot me door hoe erg het was dat iemand V op de muren van het toilet zwartmaakte. Oké, ze mocht dan geen goede start hebben gemaakt, maar waarom konden mensen haar niet een beetje met rust laten?

Ik liep naar mijn kluisje en rommelde wat in mijn etui, tot ik de markeerstift vond die ik gebruikte voor het bordje boven de snoepkraam op Valentijnsdag. Ik ging terug naar het toilet en kraste de graffiti door totdat er geen woord meer van te lezen was. Vervolgens rende ik naar het toilet in de kelder en naar het toilet op de tweede verdieping en naar elk toilet waarover Ash me had verteld. Ik kraste over de graffiti heen totdat er alleen nog maar zwarte rechthoeken te zien waren en mijn vingers vol inktvlekken zaten.

Op zondagmiddag kwam mijn moeder mijn kamer binnen. 'Heb je zin om mee naar Letchworth te gaan?'

'Letchworth?' vroeg ik.

Letchworth is een natuurpark op ongeveer zestig kilometer ten zuiden van Brockport. Het wordt ook wel de Grand Canyon van het Oosten genoemd, vanwege de enorm diepe kloof met watervallen. We gingen er vaak in de herfst wandelen.

Mijn moeder knikte. 'Het lijkt me een goed idee om even uit te waaien. Het is mooi weer, het is rustig op de weg en ik ben klaar met mijn werk.'

Ik zat eigenlijk een beetje te niksen. Ik had mijn cd-verzameling doorgenomen en de cd's waar ik nooit meer naar luisterde eruit gehaald. Mijn moeder had in haar werkkamer een fondswervende brief zitten schrijven en mijn vader en V waren zojuist naar Rochester vertrokken, waar V een vijf uur durende voorbereidingscursus moest volgen.

'Oké,' zei ik. 'Waarom ook niet?'

Twintig minuten later reden we in zuidelijke richting naar Letchworth. Hoewel ik een stuk minder verkouden was, had ik toch een paar zakdoekjes in mijn jaszak gestopt. Mijn moeder zette de radio aan. Ik staarde door het raampje naar het vlakke landschap, dat geleidelijk aan steeds heuvelachtiger werd. Het was begin maart, een paar weken voor het begin van de lente, maar de bomen waren nog kaal en stakerig en de maïsvelden waren bedekt met sneeuw.

Toen we ongeveer een halfuur hadden gereden, zette mijn moeder de muziek zachter. 'Je bent zo stil de laatste tijd,' zei ze. 'Zit je iets dwars?'

'Niet echt.'

'Kun je je voorstellen dat je over krap een halfjaar al op Yale zit?'

Ik schudde mijn hoofd.

'We moeten binnenkort eens gaan winkelen. Je hebt beddengoed en handdoeken nodig voor op je studentenkamer. Die heb je trouwens komende zomer ook al nodig in Baltimore.'

Ik haalde mijn schouders op. Ik had helemaal geen zin om over de universiteit of het zomerprogramma te praten, ook al is dat meestal hét onderwerp tussen mijn ouders en mij.

'Weet je al voor welk vak je je gaat inschrijven op de Johns Hopkins-universiteit?' vroeg mijn moeder. 'Ik heb laatst de brochure eens doorgelezen. Het ziet er allemaal zo boeiend uit.'

Weer schudde ik mijn hoofd. Toen ik net was aangenomen,

had ik de brochure van voor tot achter doorgenomen en de vakken internationaal recht, neuropsychologie en bio-ethica met ezelsoren gemerkt, maar de afgelopen weken had ik er niet meer naar omgekeken.

'Niet te geloven dat je straks op Yale met zes afgeronde vakken binnenkomt. Als alles meezit, kun je meteen in het tweede jaar instromen.'

Ik voelde een knoop in mijn maag. Ik had mijn ouders nog steeds niet verteld dat ik het vak dansimprovisatie had laten vallen. Ik was het hele weekend al van plan geweest de bom te laten barsten, maar als puntje bij paaltje kwam, durfde ik niet.

'Er zit je toch echt niets dwars, hè?' vroeg mijn moeder weer.

Ik haalde mijn schouders op en keek uit het raampje.

De rest van de rit zeiden we niet veel. Ik bleef naar de besneeuwde velden en de voorbijschietende dorpjes langs de weg kijken. Toen we ten slotte bij Letchworth aankwamen, reden we naar de parkeerplaats waar we altijd onze wandeltochten beginnen.

Met onze mutsen over onze oren en onze sjaals voor onze neuzen liepen we naar het begin van de route. We hadden nog geen dertig meter gelopen of er stak een bijtende wind op. We grepen elkaar bij de hand en renden als gekken terug naar de auto, de gladde plekken in de sneeuw ontwijkend.

Mijn moeder zette de verwarming hoger en we hielden onze handen voor de blazers. Toen we een beetje waren opgewarmd, werden we melig. We stelden ons voor wat papa zou zeggen als hij zou worden gebeld door de politie met de mededeling dat we totaal bevroren waren gevonden op de parkeerplaats bij Letchworth. Van al mijn vaders paranoïde angsten voor wat zijn gezin zou kunnen overkomen, spande de Gevaarlijke Parkeerplaats de kroon. Hij waarschuwt ons voortdurend voor wegrollende winkelwagentjes, jongelui die via lege parkeervakken bochten afsnijden en, niet te vergeten, roofdieren die zich schuilhouden achter geparkeerde auto's.

We zaten nog na te lachen toen mijn moeder ineens naar adem hapte. 'Oh mijn god.'

'Wat is er?'

Ze wees naar de andere kant van de bijna lege parkeerplaats. Twee rijen voor ons aan de linkerkant stond een zilveren terreinwagen. Terwijl ik even naar de auto zat te staren, zag ik ineens dat er een sticker op de bumper zat geplakt, waarop stond: MIJN KIND HAAT BOLLEBOZEN. De sticker was in dezelfde kleuren en in hetzelfde lettertype uitgevoerd als die op mijn moeders auto, waarop de tekst MIJN KIND IS EEN BOLLEBOOS staat.

Ik schoot in de lach. 'Loop ik nu gevaar?'

'Als we ze naar de auto zien lopen, rijden we snel weg. Laten we hopen dat ze onze Yale-sticker niet zien.'

Even zwegen we allebei. Ik snoot mijn neus en keek mijn moeder van opzij aan. 'Net had je het toch over die vakken, hè?'

Ze knikte.

'Ik moet je iets vertellen.'

'Wat dan?'

'Je weet dat ik dansimprovisatie doe.'

'Ja, je hebt het wel eens over die leraar gehad. Je mag hem niet zo, hè?'

'Ik mócht hem niet. Ik ben er sinds vrijdag mee gestopt en...

eh... dat betekent dus dat er straks maar drie vakken op mijn eindlijst staan. Maar ik wil het deze zomer goedmaken op de Johns Hopkins-universiteit, zodat ik in de herfst hopelijk toch als tweedejaars kan beginnen.'

'Waarom heb je daar niet met ons over gesproken?' vroeg ze.

'Ik dacht dat jullie op me in zouden praten om het toch af te maken, terwijl ik juist...' Ik zweeg. Alle gedachten die ik de laatste tijd had, waren nog zo nieuw voor me dat ik niet wist hoe ik ze kon uitspreken en of ik dat überhaupt wel wilde.

'Hoe kom je daarbij?'

Ik streek met mijn vingers langs mijn veiligheidsgordel. 'Vanwege Aimee. Zij heeft haar school toch niet afgemaakt? Ik wilde jullie niet het idee geven dat jullie dat weer over je heen zouden krijgen.'

Mijn moeder schudde haar hoofd. 'Ik zou je misschien hebben gezegd dat je er met je docent over moest praten, maar ik zou je nooit tot iets gedwongen hebben waar je een hekel aan had.'

'Maar jullie zijn altijd zo bezorgd over Aimee dat ik wel eens het gevoel heb dat ik de dochter ben die het allemaal moet goedmaken.'

Mijn moeder zweeg even. Het was bizar. Mijn hele leven lang had ik die gedachten al, maar ik had ze nog nooit uitgesproken. Ik weet niet hoe ik me zou voelen als mijn moeder het zou ontkennen en zoiets zou zeggen als: Ja, Mara, je bent onze enige hoop, dus verpest het niet.

Ten slotte zei mijn moeder: 'We hebben het er eigenlijk niet vaak over... over hoe... over hoe jij... over hoe ik zwanger ben geworden.'

Hoorde ik het goed?

Ik wist niet of ik mezelf totaal onzichtbaar wilde maken of de woorden zo snel mogelijk uit haar wilde trekken. Ik had het tot nu toe niet vaak met mijn moeder gehad over hoe mensen überhaupt zwanger raken. En dan druk ik me nog zwak uit, want eigenlijk hebben we het er NOOIT over.

Mijn moeder bloosde. 'Maar je moet weten dat je vader en ik... We hebben niet... Je was niet...' Even raakte ze met haar hand haar wang aan. 'Ik was drieënveertig en al in de overgang toen je werd geboren. Ik dacht dus dat ik geen...' Ze zweeg even, waarna ze vervolgde: 'Wat ik je wil zeggen, is dat ik niet zwanger van jou ben geworden ter compensatie van Aimee.'

'Wacht eens,' zei ik. 'Bedoel je soms dat ik een ongelukje ben?'

'Ik zou het liever een verrassing willen noemen.'

Ik was totaal geschokt. Zo erg zelfs dat ik me niet eens schaamde dat mijn moeder me zojuist had onthuld dat ik niet gepland was. Ik was er altijd van uitgegaan dat ik op de wereld was gezet om mijn ouders diploma-uitreikingen en bumperstickers van Yale te bezorgen. Alles wat Aimee hun niet had kunnen geven.

'Ik wil niet,' vervolgde mijn moeder, 'dat je je onder druk gezet voelt, alsof je iets moet goedmaken. Natuurlijk zijn papa en ik trots op je prestaties en op de hoge eisen die je aan jezelf stelt. Maar we houden net zoveel van Aimee als van jou. Natuurlijk hadden we liever gezien dat ze was gaan studeren en dat V een stabiele jeugd had gekregen, maar ze is en blijft onze dochter en ondanks alles houden we van haar.'

Ik trok mijn veiligheidsgordel zo ver mogelijk uit en liet hem weer terugschieten. 'Wat zou je ervan zeggen als ik niet ging studeren? Als ik in Brockport zou blijven en fulltime bij de Common Grounds ging werken?'

Mijn moeder lachte, alsof ik een grapje maakte, maar ik bleef serieus.

'Dat zou me verbazen,' zei ze uiteindelijk. 'Nee, ik zou geschokt zijn. Maar het zou niets afdoen aan mijn gevoelens voor jou. Ik zou er niet minder om van je houden.'

Dat was het enige wat ik wilde horen. Ik ademde diep in en uit.

'Je bedoelt het toch hypothetisch, hoop ik?' vroeg mijn moeder. 'Je bent toch niet écht van plan om na je eindexamen te gaan werken?'

'Ja,' zei ik lachend. 'Puur hypothetisch.'

We reden nog een uurtje in de omgeving van Letchworth rond. We passeerden de Glen Iris Inn en het standbeeld van Mary Jemison en de hoge spoorbrug. We spraken niet veel meer, behalve om elkaar te wijzen op dingen die we onderweg zagen.

Toen het donker begon te worden, ging het mobieltje van mijn moeder af. Het was mijn vader, die wilde doorgeven dat V's herhalingslessen een uur langer zouden gaan duren en dat ze daarna een hapje zouden gaan eten in Rochester. Toen mijn moeder het gesprek had beëindigd, vroeg ze of ik ook zin had onderweg ergens iets te gaan eten.

Hoewel ik behoorlijke honger had, wist ik dat we tot aan Rochester alleen maar wegrestaurants zouden tegenkomen waar niets veganistisch op de kaart stond. In elke salade zitten spekreepjes, elke aardappel is in boter gedrenkt, elke soep is gemaakt van kippenbouillon, en ik heb soms gewoon geen zin meer om de obers eindeloos aan hun hoofd

te zeuren over de ingrediënten van de verschillende gerech-
ten op het menu en uiteindelijk een bord bruine bonen met
broccoli te bestellen.

Mijn moeder leek mijn gedachten te hebben gelezen. 'Geen
veganistische mogelijkheden?'

Ik knikte. 'Daar baal ik soms zo van.'

'Denk je er wel eens over om weer gewoon te gaan eten?'

Ik schudde mijn hoofd. 'Ik denk niet dat ik ooit nog vlees zal
eten. En eieren vind ik eigenlijk ook walgelijk.'

'Dus je twijfelt over zuivelproducten?'

'Kaas,' zei ik. 'Aan kaas denk ik wel eens.'

Dat was behoorlijk zwak uitgedrukt, want ik SNAK naar
kaas. Ik HUNKER naar kaas. Ik DROOM van kaas.

'Weet je, Mara,' zei mijn moeder. 'Soms nemen we beslissingen in ons leven die op dat moment de enige juiste lijken
te zijn. Nee, het zíjn op dat moment ook de juiste beslissingen. Maar dat betekent niet dat je er niet op terug kunt komen. Weet je waar ik achter ben gekomen naarmate ik ouder
word? Er bestaat geen duidelijke grens tussen wat goed en
wat slecht is. Soms doen we iets wat slecht lijkt, maar hebben we daar goede redenen voor, dus is het uiteindelijk niet
slecht.'

Volgens mij doelde mijn moeder op mijn veganisme, maar
terwijl ze zat te praten, kwam er iets anders in mijn hoofd
op. Nee, niet iets. Iemand. Iemand met een kastanjebruin
paardenstaartje, een leuke lach en een gat in zijn spijkerbroek. Iemand die ik niet meer uit mijn hoofd kon zetten,
hoe vaak ik dat ook geprobeerd had.

Toen V zich in januari aan Travis had opgedrongen, was ik
ervan overtuigd dat er goed en kwaad bestond en dat je die

grens nooit mocht overschrijden. Op dezelfde manier heb ik mezelf voorgehouden dat ik niet aan James mag denken omdat hij van Claudia is en omdat hij ouder is, omdat hij kleiner is en nog steeds in Brockport woont en en en...

Ineens drong het tot me door. Ik had er helemaal geen spijt van dat ik met James gezoend had. Misschien was het wel verkeerd, maar tegelijkertijd was het het beste wat me ooit was overkomen.

'Begrijp je wat ik bedoel?' zei mijn moeder. 'Of misschien is het iets wat iedereen voor zichzelf moet zien uit te vinden.'

'Nee, nee, ik begrijp het helemaal,' zei ik.

Toen ik dat had gezegd, besefte ik dat ik bereid was de grens te overschrijden. Om welke reden dan ook, goed of slecht.

Ik wilde die grens over, samen met James.

Ik moest met hem praten. En wel METEEN.

Ik wierp een blik op de kilometerteller. Mijn moeder reed op de cruisecontrol, vijf kilometer langzamer dan de maximaal toegestane snelheid. Ik moest bijna mijn tong eraf bijten om haar niet te vragen het op een scheuren te zetten.

13

Toen we thuiskwamen, waren mijn vader en V nog niet terug. Gelukkig maar, want nu konden mijn ouders me tenminste niet meteen aan een kruisverhoor onderwerpen. Ik pakte mijn mobieltje en mijn autosleutels en zei tegen mijn moeder dat ik nog een hoofdstuk van het jaarboek bij een vriendin moest ophalen. Gelukkig wist ze niet dat het jaarboek vorige week al naar de drukker was gegaan. Ze vroeg alleen of ik eerst nog iets wilde eten, maar ik zei dat ik geen honger had en haastte me de deur uit.

Ik reed binnendoor naar het centrum. Toen ik in de buurt van de Common Grounds kwam, parkeerde ik mijn auto aan de kant van de weg en belde naar het café. Ik meende me te herinneren dat Claudia die avond geen dienst had, maar als ze toch zou opnemen, zou ik gewoon ophangen.

'Common Grounds,' zei James.

Op de achtergrond hoorde ik de geluiden van de koffiemaler en de melkstomer. En harde stemmen – zo te horen van Josh en Randy, die meestal op zondag werkten. De luidruchtigste jongens die ik ken.

'James?' vroeg ik.

'Mara? Hé, wat leuk! Ben je weer beter?'

'Eh... ja, zo goed als.'

Ik hoorde Josh brullen: 'EEN CHAI, EEN CAPPUCCINO,' waarna Randy terugbrulde: 'KOMT VOOR DE BAKKER!'

'Is er iets?' vroeg James. 'Je klinkt alsof je mobiel belt.'

'Ik zit in mijn auto.' Ik zweeg even. 'Ik vroeg me af... kunnen we misschien praten?'

'Natuurlijk. Wanneer komt het jou het beste uit?'

Ik keek op het dashboardklokje. Het was negen uur, op een doordeweekse dag, maar ik kon niet langer wachten. Ik wilde vanavond niet gaan slapen zonder eerst met James te hebben gepraat.

'Wat dacht je van nu?'

'Over de telefoon?'

'Ik bedoel eigenlijk onder vier ogen... Als je tenminste weg kunt.'

'Ogenblikje.'

Ik hoorde James op de achtergrond iets zeggen. Randy antwoordde: 'GA JE GANG!' Waarna ik Josh eraan toe hoorde voegen: 'WE HEBBEN ALLES ONDER CONTROLE, BAAS!'

'Waar wil je afspreken?' vroeg James.

'Ik kan je voor de deur van de Common Grounds komen ophalen.'

'Hoe laat?'

'Nu. Ik sta om de hoek.'

James lachte. 'Dat noem ik nog eens stijl hebben.'

Ik startte de auto en sloeg linksaf Main Street in. James stond al voor de Common Grounds te wachten. Hij droeg alleen een wollen trui en een spijkerbroek. Gelukkig niet die met het gat in de pijp, want ik wilde écht praten en met dat gat kon ik me niet concentreren.

Ik remde af. James rende naar de passagierskant en sprong

in de auto. We zeiden verlegen hallo tegen elkaar, waarna James zijn veiligheidsgordel omdeed en ik weer doorreed. Toen ik hem vroeg waar hij heen wilde, zei hij dat het hem niets uitmaakte. Ik stelde Clarkson Playground voor, omdat ik toevallig die kant op reed en ervan uitging dat we daar op deze koude avond niet gestoord zouden worden. James vond het een prima idee. Hij sprak snel, alsof hij zenuwachtig was. Ik wilde tegen hem zeggen dat hij niet zenuwachtig hoefde te zijn, maar ik was het zelf ook, en daarom richtte ik mijn aandacht op de weg.

Na een paar kilometer reed ik de parkeerplaats van de speeltuin op. Clarkson Playground is zo'n gigantisch wonderland vol glijbanen, klimnetten en schommelbruggen. Op warme zomeravonden hangen hier vaak leerlingen van mijn school rond.

Ik zette de motor af en doofde de lichten. James en ik staarden naar de contouren van de speeltoestellen.

'Het ziet er hier eigenlijk best griezelig uit in het donker,' zei hij.

'Zeg dat wel.'

'Toen ik nog op de middelbare school zat, werd hier altijd veel gedronken.'

Ik lachte. 'Dat is nog steeds zo!'

'Goh, gek eigenlijk dat daar in vijf jaar niets in is veranderd.'

We keken allebei weer voor ons uit. Het leek wel of die twee woorden – vijf jaar – ons met de neus op de feiten drukten: dat we hadden gezoend, dat er een groot leeftijdsverschil tussen ons was, dat we hier waren om te praten.

'Zit je dat dwars?' vroeg James. 'Dat ik ouder ben dan jij?'

'Onder andere.'

'Mij ook.' James maakte zijn veiligheidsgordel los en draaide zich naar me toe. 'Wil jij eerst?'

'Zeggen wat me dwarszit?'

Hij knikte.

'Oké,' zei ik. 'Het zit me dwars dat ik in juni uit Brockport wegga.'

'Ja,' zei James, 'dat is al over een paar maanden.'

'Als je het zwart op wit ziet staan, is het allemaal nog gekker.'

'Je bedoelt dat jij nog op de middelbare school zit en ik tweeentwintig ben, mijn eigen café heb, kleiner ben dan jij en niet ben gaan studeren terwijl jij naar Yale gaat?'

Ik moest lachen. James streepte precies het rijtje af dat ik in mijn hoofd had.

'Bovendien lijkt het me raar om als stel in de Common Grounds te werken,' zei ik.

'Vanwege Claudia?'

Mijn mond werd kurkdroog. 'Je weet het, van Claudia?'

'Ik heb het er nooit met haar over gehad, maar ik heb al een tijdje het vermoeden dat ze...' James staarde voor zich uit. 'Weet je nog dat ik een paar weken geleden iets met haar zou gaan drinken?'

Ik knikte.

'Om die reden heb ik het afgezegd. Ik wilde haar geen valse hoop geven. Vooral niet omdat ik...' James friemelde aan het slotje van het handschoenenkastje. 'Omdat ik me afvroeg wat ik voor jou voelde.'

Mijn hart deed BOEM! en ik kreeg een enorme adrenalinestoot. Als ik nu voor gym in het klimnet zou moeten klauteren, zou ik in een mum van tijd boven zijn, iets wat me sinds mijn groeispurt behoorlijk moeilijk afgaat.

'Poe,' zei James met een diepe zucht.

Ik staarde naar mijn trillende handen.

'Waar denk je aan?' vroeg James.

'Ik blijf het een vreemd idee vinden.'

'Ik ook.'

'Maar ik denk ook...' Ik zweeg even. 'Ik vroeg me zelf ook af wat er tussen ons is.'

'Oh ja?'

Ik knikte. 'Maar ik... Ik vraag me af of het wel iets kan worden tussen ons.'

'En wat anderen ervan zullen zeggen?'

'Ja, en hoe het verder moet met Claudia.' Ik zweeg even, waarna ik eraan toevoegde: 'Bovendien ben ik bang.'

'Waarvoor?'

Ik schudde mijn hoofd. Ik dacht aan zo veel dingen tegelijk... aan mijn slechte ervaringen met Travis, mijn ouders, Claudia, goede en verkeerde keuzes. En vooral aan het idee dat mijn leven volledig op zijn kop zou komen te staan als ik voor James koos, en ik wist niet of ik daar klaar voor was.

Ten slotte draaide ik me naar James toe. 'Maar ik wil het wel proberen.'

'Ja?'

Ik knikte.

We pakten elkaars handen vast. En terwijl we elkaar glimlachend aankeken, bogen we ons dichter naar elkaar toe... Totdat mijn mobieltje ging.

Ik haalde hem uit mijn jaszak en keek op het display. Het was mijn vader. Ik drukte op de cancel-toets en legde de telefoon op mijn schoot.

'Sorry,' zei ik.

'Geeft niet. Moet je naar huis?'

Ik schudde mijn hoofd.

We bogen ons weer naar elkaar toe, totdat onze lippen elkaar ter hoogte van de handrem raakten. Het begon als een voorzichtige kus, maar na een poosje deden we onze lippen van elkaar en begonnen we met onze tongen elkaars mond te verkennen.

Toen ging mijn mobieltje weer. Ik keek even snel naar de telefoon op mijn schoot. Weer mijn vader. Ik zette de telefoon uit, stopte hem terug in mijn jaszak en liet me weer door James kussen.

We vertrokken pas rond halfelf van Clarkson Playground. Ik had graag nog ietsje langer willen blijven, maar James zei dat hij de Common Grounds moest afsluiten, of op zijn minst Josh en Randy naar huis moest laten gaan. Toen ik hem bij het café afzette, kusten we elkaar op de mond en zei ik dat het me speet dat ik hem niet eerder terug had gebeld. Hij zei dat een week niet zo lang was.

Terwijl ik naar huis reed, genoot ik nog na van onze kus en betrapte ik mezelf erop dat ik de minuten aftelde totdat ik hem weer zou zien. Maar zodra ik onze straat in reed, stond ik meteen weer met beide benen op de grond.

Overal in huis brandde licht.

Op de avonden dat ik tot 's avonds laat bij de Common Grounds werk, laat mijn vader altijd de buitenverlichting aan als hij naar bed gaat. Maar nu werd ons huis verlicht door duizenden watts ouderlijke bezorgdheid. Ik parkeerde de auto op de oprit en sloot zachtjes het portier voor het geval mijn ouders toch gewoon vergeten waren de lichten uit te doen toen ze naar bed gingen. Maar nog voordat ik de sleutel in het slot kon steken, opende mijn vader de achterdeur.

'Wáár was je?' vroeg hij tandenknarsend. Zijn anders toch al zo warrige haar stond nu recht overeind, alsof hij de hele avond letterlijk met zijn handen in het haar had gezeten.

'Bij Bethany Madison,' zei ik. Toen ik nog in de onderbouw zat, was ik vaak tot 's avonds laat bij haar thuis geweest. 'Het spijt me dat ik zo laat...'

'Je moeder zei dat je bij iemand iets voor het jaarboek was ophalen. Sinds wanneer werkt Bethany mee aan het jaarboek?'

SHIT! Er was de afgelopen uren zoveel gebeurd dat ik de smoes van het jaarboek helemaal was vergeten. Bovendien zat ik nu met het probleem dat ik mijn ouders altijd veel te veel over mijn doen en laten had verteld. Ik bedoel maar, welke vader weet nu wie er aan het jaarboek werkt?

'Sinds dit jaar,' loog ik.

Mijn vader knikte wantrouwend. 'Wat heb je dan bij haar opgehaald?'

Het leek me niet verstandig mezelf nog dieper in de nesten te werken. 'Uiteindelijk niets.'

Mijn vader begon door de keuken te ijsberen. Ik kon V in de huiskamer op de bank zien zitten.

'Waar is mama?' vroeg ik.

'Die is naar bed. Ze was niet zo ongerust als ik.'

'Maar ik kom toch wel vaker zo laat thuis?'

Hij klemde zijn kaken zo strak op elkaar dat ik de spiertjes in zijn wangen zag trillen. 'Ik maakte me ongerust omdat je je mobiel niet opnam. Heb jij mijn telefoontjes niet ontvangen?'

'Mijn mobieltje lag in de auto.' Dat was niet eens gelogen. Ik zei er alleen niet bij dat ikzélf ook in de auto zat.

'Waarom laat je hem dan in de auto liggen?'

Ik haalde mijn schouders op.

'Dat mobieltje is er nu juist voor dat wij je kunnen bereiken als we ons ongerust maken. Zodat we zeker weten dat alles goed met je is.'

'Maar alles was ook goed met me.'

'Ja, maar dat kon ik niet weten. Ik wist niet waar je was, en dat ook nog na elven op een doordeweekse dag.'

Ik keek op de klok. Het was pas twee minuten over elf. Maar dat zei ik maar niet. Het lag op het puntje van mijn tong te zeggen dat hij me over een paar maanden ook niet meer elke avond kon komen instoppen als ik op de universiteit zat. Hij moest leren me los te laten, anders kreeg hij nog last van het legenestsyndroom.

'Mara,' zei mijn vader, 'je moet je mobieltje bij je dragen als je van huis bent. We moeten je kunnen bereiken.'

Ik had geen zin in dit gesprek. Ik wilde naar mijn kamer, zodat ik rustig kon nadenken over wat er zojuist tussen James en mij was gebeurd.

'Oké,' zei ik met een zucht. 'Ik zal mijn mobieltje operatief aan mijn navel laten bevestigen.'

'Aan je navel?'

'Ja, als een soort navelstreng. Zodat we elke seconde van de dag met elkaar verbonden zijn.'

'Ik meen het serieus,' zei mijn vader. 'Wat is er met jou aan de hand?'

Ik schudde mijn hoofd. 'Niets. Ik ben gewoon moe. Mag ik nu naar bed?'

Mijn vader knikte. Ik schoot mijn kamer in. Maar ik had de deur nog niet achter me dichtgetrokken, of V kwam binnen. 'Hoi,' zei ze.

'Hoi.'

'Zo heb ik opa nog nooit meegemaakt. Hij heeft zich lopen opvreten.'

'Wat zei mijn moeder?'

'Dat hij zich niet zo druk moest maken. Ze zei dat ze je vertrouwde. Hij ook, zei hij, maar het probleem was dat hij de rest van de wereld niet vertrouwde. Niet dat ze ruzie maakten, maar ik had wel het idee dat ze zich aan hem ergerde.'

'Heeft ze het toevallig nog over mijn vakkenpakket gehad?'

V schudde haar hoofd. 'Nee... hoezo?'

'Laat maar zitten.'

Ik was blij dat mijn moeder niet tegen hem had gezegd dat ik het vak dansimprovisatie had laten vallen. Vreemd eigenlijk. Ik had mijn ouders altijd als een soort twee-eenheid gezien, met dezelfde gedachten en dezelfde opvattingen, waarin de een het verlengstuk van de ander was. Maar de laatste tijd leken ze steeds vaker van mening te verschillen. Ik heb het gevoel dat mijn moeder me de ruimte wil geven die ik nodig heb, terwijl mijn vader me verstikt met zijn bemoeizucht.

'Ik weet wel wat er met jou aan de hand is,' zei V.

'Waar heb je het over?'

'Toen opa vroeg wat er met jou aan de hand is... Ik heb wel een vermoeden. Je bent gewoon verliefd.'

'Niet waar! Ik was bij Bethany Madison.'

V glimlachte. 'Nu wordt het pas écht interessant... Je bent dus lesbisch.'

Ik schoot in de lach. 'Denk je dat mijn vader daarom zo door-slaat?'

'Ik weet het wel zeker. Hij ziet zichzelf al meelopen in de gay-parade.'

'Wat zijn we weer grappig.'

Nadat V welterusten had gezegd, bekeek ik mezelf in de spiegel. Mijn lippen waren een beetje gezwollen van het zoenen. Ik borstelde mijn haren naar achteren en bond ze met een elastiekje in een paardenstaart. Voor het eerst in jaren zijn mijn haren lang genoeg om niet telkens los te raken.

Ik merkte ineens dat ik honger had. Ik had sinds Letchworth niets meer gegeten. Ik had het zo druk gehad met andere dingen dat ik niet meer aan eten had gedacht.

Ik sloop op mijn tenen door het donkere huis naar de keuken. Zonder licht te maken, leunde ik tegen het aanrecht terwijl ik stukjes pitabrood afbrak die ik in het plastic bakje met hummus doopte. Oké, ik geef toe, het was meer hummus dan brood. Maar niemand anders in huis houdt van hummus, dus zo érg was het nu ook weer niet.

Ja, houd jezelf maar voor de gek, zei een stemmetje in mijn achterhoofd. *Nog even en je zet het pak sinaasappelsap aan je mond.*

14

V had gelijk. Ik was verliefd op James. En James op mij. Hoewel het nog maar drie dagen geleden was dat we in de speeltuin waren geweest, kon ik het merken aan de manier waarop we naar elkaar keken.

Bovendien gedroegen we ons zoals verliefde mensen zich meestal gedragen, zoals handkusjes naar elkaar blazen en doen alsof je ze op je wang opvangt. En liefdesliedjes zingen, want eindelijk snap je waarover de tekst gaat. En vragen naar elkaars littekens en broers en zussen en tweede naam. James' tweede naam was Donald, waar ik zo om moest lachen dat ik er bijna in bleef. Tussen twee lachstuipen door wist ik nog net mijn tweede naam Elizabeth uit te brengen. 'Wat een mooie naam,' zei hij, en meteen verontschuldigde ik me dat ik zo had moeten lachen om Donald, maar hij zei: 'Geeft niet. Volgens mij hadden mijn ouders niet helemaal in de gaten dat ze een baby hadden gekregen in plaats van een stripeend.'

Maar we spraken ook over ernstige dingen, zoals vorige relaties. De eerste keer was tijdens een telefoongesprek. Iedereen bij ons thuis lag al te slapen. Ik lag in bed en streek met mijn vingers over mijn arm.

James vertelde me dat er die avond in de Common Grounds

een gloeilamp in het toilet was gesprongen en dat niemand erbij kon, zelfs niet als ze op hun tenen op een kruk stonden. Uiteindelijk hadden ze bij de boekwinkel aan de overkant een ladder moeten lenen.

'Jij had er zeker bij gekund,' zei James.

'Oh ja, als iemand goed is in gloeilampen verwisselen, dan ben ik het, want als je lang bent, word je altijd voor dat soort klusjes gevraagd.'

'Wat een eer.'

Ik hield op met mijn arm te strelen. 'Heb je wel eens verkering gehad met een meisje dat kleiner was dan jij?'

James lachte. 'Oh jee, nu komen de vragen over de ex-vriendinnetjes.'

'Je hoeft het niet te...'

'Welnee, het is juist goed om erover te praten. Dan hebben we dat ook gehad. Zal ik maar eerst?'

'Ga je gang.'

James vertelde dat hij twee serieuze relaties had gehad. Met Jessica, toen hij nog op de middelbare school zat. En met een studente, die Christie heette, toen hij twintig was. Ze hadden een jaar verkering gehad, maar nu woonde ze in Pennsylvania en het enige wat hij nog van haar hoorde, waren zogenaamd grappige e-mailtjes die ze naar hem en nog dertig andere mensen stuurde.

'En om op je vraag terug te komen,' zei James, 'ze waren allebei kleiner dan ik.'

'Vind je het gek dat ik...'

'Mara Elizabeth. Er is niets geks aan je. Ik vind je leuk zoals je bent. Ik meen het. Ik vind het juist leuk dat je anders bent dan mijn exen.'

'Dat vind ik ook, James Donald,' zei ik terwijl ik het niet kon nalaten te lachen.

'Hou op!'

'Maar het is zo verleidelijk.'

'Nu ben jij aan de beurt. Vertel me alles over je ex-vriendjes.'

'Er valt niet veel te vertellen.'

'Ik heb je wel eens over iemand horen praten... die jongen met wie je strijdt om het hoogste eindcijfer.'

'Klopt. Travis.'

'Waarom is het uitgegaan tussen jullie?'

Ik stond op het punt hem mijn standaardantwoord te geven – 'Het klikte gewoon niet tussen ons' – maar besloot de waarheid te vertellen. Ik vertelde dat Travis me tot dingen dwong waar ik nog niet aan toe was en dat hij me had uitgelachen vanwege mijn kleine borsten. Ik vertelde ook dat hij me uiteindelijk had gedumpt omdat ik niet met hem naar bed wilde.

'Wat kunnen jongens toch klootzakken zijn,' zei James.

'Niet allemaal, hoor. Jij niet.'

'Ik zou je nooit tot iets dwingen wat je niet wilt.'

'Dat weet ik.'

'Mooi zo.'

Eerlijk gezegd was ik opgelucht dat te horen, want terwijl we het over onze exen hadden, besefte ik eens te meer dat James wél tweeëntwintig is. En als je eenmaal de twintig gepasseerd bent, neem je volgens mij geen genoegen meer met het eerste honk.

Maar als we alleen waren, was ik, gek genoeg, degene die niet kon ophouden met zoenen, terwijl James nog wel eens een adempauze voorstelde. Op maandag, dinsdag en woensdag was ik na school bij hem thuis geweest. Meestal zoenden we op de bank, maar soms ook in de gang, de keuken of zelfs midden in de woonkamer. In zijn slaapkamer waren we nog nooit geweest, hoewel ik er wel een keer door een kier naar binnen had gekeken. Soms verlangde ik ernaar, vooral als we op de bank lagen en James me in mijn nek kuste. Of als ik mijn hoofd tegen zijn schouders legde en hij zijn armen om me heen sloeg. Dan wilde ik het liefst mijn hele lichaam tegen hem aan drukken. Maar in plaats daarvan drukte ik mijn lippen op de zijne en kuste hem zo intens en zo lang dat James ten slotte voorstelde om even een wandeling om de vijver vlak bij zijn flat te gaan maken.

Telkens wanneer ik na zo'n middag met James zijn flat verliet, proefde ik hem nog, rook ik hem nog en voelde ik nog steeds zijn lippen op de mijne. De eerste helft van die week liep ik rond in een soort mist, en kon ik alleen maar aan James denken. Ik kon me nauwelijks op mijn huiswerk concentreren, deed alleen wat nodig was en sloeg de bonusvragen over. Op woensdag had ik een vergadering van de eindexamenklassen, waarin we moesten stemmen over een herkenningsmelodie voor het eindgala. Iedereen koos voor 'End of the Road' van Boyz II Men. Hoewel dat in mijn ogen een domme keuze was – het liedje gaat over uit elkaar gaan – kon het me te weinig schelen om bezwaar te maken.

Thuis bleef ik achter stoelpoten haken en wist ik halverwege een zin niet meer waarover ik het had. Waarschijnlijk was ik gewoon doodmoe. De laatste drie avonden had ik tot diep in de nacht met James aan de telefoon zitten kletsen en lachen, waarna ik in een droomloze coma viel.

Als mijn ouders al iets vermoedden, lieten ze daar niets van merken. Op maandagavond hadden mijn vader en ik het voorzichtig goedgemaakt. Ik had me verontschuldigd voor het feit dat ik de vorige avond mijn mobieltje niet had aangezet en hij had spijt dat hij me zo hard had aangepakt. Ik vertelde hem in één moeite door dat ik met dansimprovisatie was gestopt. Hij reageerde ongeveer hetzelfde als mijn moeder, namelijk dat ik in elk geval nog twee vakken van het zomerprogramma zou doen.

Later die avond kwam mijn moeder mijn kamer binnen om te vragen of het me nog dwarszat wat ze me in Letchworth had gezegd. Ik zei dat ik eerder opgelucht was dat ik het wist. Ze knikte, waarna ze snel van onderwerp veranderde door te vragen of ik zilvervliesrijst of basmatirijst bij het eten wilde.

Ik had het geen enkele keer over James met mijn ouders. Ik wilde hem helemaal voor mezelf hebben. Mijn vriendje. Mijn keuze. Mijn leven. En niet het onderwerp van een familievergadering of andere kritische vragen van mijn ouders.

Donderdag liep ik de hele dag met pijn in mijn maag en kloppende slapen rond. Die avond zou ik voor het eerst sinds twee weken weer gaan werken in de Common Grounds. Ik was er niet meer geweest sinds ik met James had gezoend bij hem thuis. Daarna was ik ziek geweest en had ik hem ontlopen, en nu was het dan aan tussen ons. We waren nog nooit in het bijzijn van Claudia samen geweest, en ik was zo zenuwachtig dat ik er bijna misselijk van werd.

Toen ik 's middag bij James langsging, begon hij er zelf over. Hij vroeg hoe we op het werk het best met elkaar om konden gaan, en bood zelfs aan met Claudia te praten. Maar ik schudde mijn hoofd en zei: 'Nee, nee, nee!' Claudia zou het niet overleven als James er met haar over zou beginnen. Bovendien zou ze mij erop aankijken. Daar kwam bij dat we pas vier dagen samen waren en alles voelde nog nieuw en bijzonder. Ik wilde het niet bederven door een scène te veroorzaken. Toen ik het zo had uitgelegd, zei James dat hij het begreep, dus besloten we om ons in de Common Grounds onopvallend te gedragen.

Die avond bleef James bijna voortdurend in de buurt van de koffiebrander, volgens mij omdat hij afstand wilde houden. Eigenlijk was ik daar wel blij om, want telkens wanneer hij in mijn buurt kwam, moest ik me inhouden hem niet aan te raken en *Donald* in zijn oor fluisteren.

Toch voelde ik dat er tussen Claudia en mij een bepaalde spanning was. Ze snauwde me de bestellingen toe en vond dat ik moest opschieten aan de kassa. Aan het eind van de avond liep ik naar de koffiebrander om James te vragen of er nog nieuwe koffie gebrand moest worden of dat we het restant eerst moesten opmaken.

Toen ik weer achter de bar stond, zei Claudia: 'Wat stonden jullie daar te smoezen?'

'Oh, niks.'

'Dat kan niet, want ik zag je lippen bewegen.'

'Ik vroeg alleen maar of er nog nieuwe koffie gebrand moest worden.'

Ze zette haar hand op haar heup, die ze uitdagend naar één kant had uitgestoken. 'Is dat alles?'

Ik knikte. Claudia draaide zich abrupt om.

Op zaterdagavond werd het alleen nog maar erger. Het was druk. De hele zaak zat vol internetdaters. Bijna alle stelletjes gedroegen zich alsof ze een blind date hadden. Ze kibbelden over wie er zou trakteren, of ik hoorde ze enthousiast uitroepen: 'Dus jij houdt ook van chocola?!' als een van de twee chocoladecake bestelde.

Claudia en ik waren zo door het dolle dat het bijna zoals vroeger was, vooral omdat James het grootste deel van de avond weg was om boodschappen te doen. Dus toen ik een lesbisch stel – hetzelfde korte kapsel, dezelfde zilveren oorbellen, dezelfde spijkerbroek, dezelfde bordeauxkleurige shirts – hun koffie had gebracht, tikte ik Claudia op haar schouder en fluisterde: 'Zesendertigjarige vrouw zoekt haar identieke tweelinghelft om stiekem aan te snuffelen en nog veel meer.'

Claudia schudde mijn hand van zich af en zei niets. Maar vijf minuten later kwam ze met: 'Wat denk je hiervan? Tweeëntwintigjarige café-eigenaar zoekt minderjarig schoolmeisje voor verboden seksspelletjes en nog veel meer.'

Het was alsof ik een klap in mijn gezicht kreeg.

'Nou?' zei Claudia. 'Waar of niet waar?'

'Hoe bedoel je?' vroeg ik nerveus.

'Hebben James en jij iets met elkaar?'

Ik staarde Claudia aan. Mijn hart bonsde in mijn keel en het zweet stond in mijn handen. Ze keek me woedend aan, alsof ze me te lijf wilde gaan. En ik was zo overrompeld dat ik niet wist wat ik moest zeggen.

'Maak je geen zorgen,' zei ik gespannen. 'Er is niets aan de hand tussen ons.'

'Op je erewoord?' vroeg Claudia.

'Eh... ja, op mijn erewoord.'

15

In de maand maart kwamen er evenveel leugens over mijn lippen als er natte sneeuw uit de lucht viel.

Toen Claudia me vroeg waarom ik zoveel gaapte, zei ik dat de leraren ons, zesdeklassers, tegenwoordig overlaadden met huiswerk. Toen V me uitvroeg over een vlek in mijn nek – een *zuigzoen* dus maakte ik haar wijs dat ik me had gebrand aan de hete krultang waarmee ik 's ochtends mijn haren in model bracht. Toen Ash Robinson de naam *James Donald* in een hoekje van mijn schrift voor staatsinrichting zag staan, zei ik dat het de naam van een raadsheer bij het hooggerechtshof was. En telkens als mijn ouders me na schooltijd op mijn mobiel belden, zei ik dat ik in de universiteitsbibliotheek zat te studeren, terwijl ik in werkelijkheid bij James thuis op de bank zat.

Na het eerste telefoontje hadden James en ik een lang gesprek over mijn ouders. Ik vertelde hem dat ze bijna alles voor me beslisten, maar dat ik voortaan liever mijn eigen keuzes wilde maken en wilde doen wat mijn hart me ingaf. Natuurlijk vertelde ik hem ook dat als ze van onze relatie wisten, ze zich ongerust zouden afvragen wat een jongen van tweeëntwintig wilde van een onschuldig meisje van zeventien. James zei dat ik de reacties van mijn ouders beter kon inschatten dan wie ook en dat ik dus zelf moest beslissen hoeveel ik aan hen wilde vertellen. Hij vroeg voor de grap of mijn vader toevallig een jachtgeweer had en zo ja, of hij daarmee wel eens op een vriendje van zijn dochter had gericht. Toen ik zei dat het enige wapen van mijn vader een tandartsboor was, sloeg James kreunend zijn hand voor zijn mond en zei: 'Nog erger.'

Het liegen werd vooral vervelend als ik Bethany Madison erbij moest betrekken. Mijn ouders wisten niet beter of Bethany en ik gingen ineens weer veel met elkaar om. Als ik een paar uurtjes bij James wilde zijn, gebruikte ik haar of de universiteitsbibliotheek als smoes. Zonder dat Bethany het wist, studeerden we samen, gingen we samen naar de film en winkelden we regelmatig in Marketplace Mall.

Eerlijk gezegd werd ik een beetje paranoïde van mijn leugens, want behalve zo nu en dan een vriendelijke groet op school, waren we geen enkele keer samen naar de bibliotheek, het winkelcentrum of de bioscoop geweest. Ik begon me stiekem af te vragen of mijn ouders het niet vreemd vonden dat Bethany nooit belde of langskwam, of dat ik nooit iets had gekocht als ik thuiskwam van het winkelen. Om van die zuigzoen in mijn nek nog maar te zwijgen.

Op een donderdag eind maart kwam V me op het Bethanyfront te hulp. Ik was aan het werk in de Common Grounds. Claudia ook, maar die vertrok vroeg naar een studiebijeenkomst van haar werkgroep literatuur. Zodra ze weg was, vroeg James of ik na sluitingstijd wilde blijven. Donderdags brandt hij altijd de koffiebonen voor de week daarop. Dat doet hij na sluitingstijd omdat zijn antieke koffiebrander tekeergaat als een oude stoomlocomotief. De week ervoor hield ik hem aan de telefoon gezelschap terwijl hij koffie stond te branden en me elke stap in het proces beschreef.

'Nu doe ik er groene koffie in,' zei hij. 'Zo noemt men ongebrande bonen.'

'Welke koffie ga je nu maken?'

'Costa Rica Tarrazu. Die kun je het best medium branden. Daarom haal ik ze eruit zodra ze beginnen te knappen.'

'Zodra ze wat?'

'Beginnen te knappen. Dat is het geluid dat koffiebonen maken als ze worden gebrand. Medium gebrande bonen haal je er na één keer knappen uit, hoog gebrande bonen na twee keer knappen.'

'Hoe lang gaat deze ronde duren?'

'Vijfendertig tot veertig minuten.'

'Zo lang?'

'Een moderne koffiebrander doet er tien minuten over, maar dan lever je wel in op de smaak. Ik brand de bonen het liefst langzaam en gelijkmatig, om het beste van het koffiearoma uit de boon te halen.'

Ik nestelde me in mijn kussens en drukte mijn telefoon dicht tegen mijn oor. Wie had ooit gedacht dat koffiebranden zo sexy kon klinken?

Dus toen James me de donderdag daarop, toen Claudia weg was, uitnodigde om samen met hem koffie te branden, kon ik de verleiding niet weerstaan. Ik vroeg of hij een ogenblikje geduld had en liep snel naar buiten om naar huis te bellen. Het was eindelijk opgehouden met sneeuwen en de lucht was droog en zacht.

Na twee keer overgaan nam V op. 'Hallo?'

'Hoi, met mij.'

'Hoi. Waar bel je voor?'

'Ik wou zeggen... Ik denk dat het vandaag wat later wordt. Ik schat een uur of kwart voor twaalf, twaalf uur.'

'Ben je bij Bethany?' vroeg V.

Had V me door? Ik had haar niets over James verteld, en ondanks haar opmerking over de zuigzoen in mijn nek, had ze me niet meer uitgehoord over mijn verliefdheid.

Toen ik niet reageerde, zei V snel: 'Dat is ook toevallig, want Bethany heeft aan het begin van de avond gebeld. Ze deed een beetje paniekerig over een of ander examen en zei dat alleen jij haar kon helpen.'

Wat?

V zweeg even. Ik hoorde mijn vader op de achtergrond, alsof hij zojuist de kamer was binnengekomen.

'Ja, dat weet ik,' zei V, hoewel ik niets had gezegd. 'Ik heb tegen Bethany gezegd dat je na je werk waarschijnlijk bij haar langs zou gaan. Moet ik tegen je ouders zeggen dat het vanavond wat later wordt?'

'Ze heeft niet gebeld, hè?'

V was even stil, waaruit ik opmaakte dat ik gelijk had, en zei toen: 'Hou je mobieltje aan, dan kunnen we je bereiken als dat nodig is. En zeg tegen Bethany dat ik heb gezegd dat ze zich niet druk moet maken.'

'Wat gaat je dit makkelijk af.'

'Oefening baart kunst,' zei V.

De rest van de avond was er geen vuiltje aan de lucht. Mijn vader belde niet één keer om te vragen waar ik was. Toen ik thuiskwam, waren mijn ouders al naar bed. Gelukkig maar, want ik had vuurrode wangen van een snelle vrijpartij in de voorraadkamer en mijn haren en kleren roken naar gebrande koffie.

Toch stuurde ik Bethany op zaterdagochtend een mailtje met de vraag of ik haar onder vier ogen kon spreken. Ze schreef me een paar minuten later terug dat ze de hele dag thuis was en dat ik kon langskomen wanneer ik wilde. Omdat het weer was gaan regenen, trok ik mijn regenjas en mijn gymschoenen aan. Mijn vader was naar zijn werk en V zat op haar kamer. Ik zei tegen mijn moeder dat ik naar Bethany ging. Het was een opluchting voor één keer de waarheid te kunnen zeggen.

Toen ik bij Bethany aanbelde, deed ze zelf open. Ze droeg een Geneseo-trui en had haar wilde haardos samengebonden met een kleurige band.

'Betekent die trui dat je bent aangenomen?' vroeg ik terwijl ik mijn doorweekte gymschoenen uittrok.

Bethany glimlachte. 'Ja, ik kreeg vorige week een brief van de universiteit.'

'Gefeliciteerd!'

Juist op dat moment kwam Bethany's moeder de hal in met een overvolle wasmand in haar armen. We babbelden even over universiteiten en zomerprogramma's, totdat Bethany me meeloodste naar haar slaapkamer.

'Vertel eens gauw wat er aan de hand is,' zei ze terwijl ze de deur achter zich dichttrok. 'Je e-mail klonk zo geheimzinnig.'

Ik keek Bethany's kamer rond. Ik was zeker een jaar niet bij haar op bezoek geweest. De laatste keer dat ik hier was, waren de muren bedekt met plaatjes van popsterren en posters van poezen met teksten als WEK ME ALS HET ZATERDAG IS. Maar die waren nu allemaal verdwenen, en ik zag alleen volleybalmedailles en foto's van Bethany met een gespierde blonde jongen.

'Ik moet je iets bekennen,' zei ik terwijl ik op haar bed ging zitten. 'Ik heb jou als alibi gebruikt. In de afgelopen maand zijn we samen naar de bioscoop geweest en hebben we samen huiswerk gemaakt en aan het jaarboek gewerkt.'

'Ik heb altijd al een jaarboek willen maken!' riep Bethany uit terwijl ze naast me op het bed plofte. 'Wat was mijn taak? De tekst opleuken met foto's van mij en mijn vrienden?'

Ik schoot in de lach. 'Het spijt me dat ik het je niet eerder heb verteld, maar...'

'Is hij leuk?'

'Wie?'

Bethany plukte aan een los draadje aan haar sprei. 'De jongen voor wie je al die smoesjes moet verzinnen.'

'Oh ja, héél leuk,' antwoordde ik glimlachend.

'Vertel op.'

Het was fijn om eindelijk met iemand over James te kunnen praten. Ik vertelde dat hij tweeëntwintig was en dat hij een eigen flat had; dat we pas een maand verkering hadden, maar dat we van elkaar hielden, hoewel het woord liefde nog niet was gevallen. Toen ze vroeg hoe ik hem had leren kennen en ik vertelde dat hij de eigenaar van de Common Grounds is, trok ze van enthousiasme het draadje uit de sprei.

'Die ken ik! Die is niet leuk, die is vreselijk HOT!'

Ik grinnikte. 'Vertel mij wat.'

'Mijn vriend is ook al in de twintig. Nee, dat lieg ik, hij is gewoon twintig.'

'Is het de jongen op al die foto's hier?'

Bethany knikte. 'Aanstaande donderdag gaan we vier maanden met elkaar.'

'En verder?'

'Hij heet Keith Sawyer. Geweldige naam, hè?' Bethany slaakte een diepe zucht. 'Bethany Sawyer. Oh, wat klinkt dat toch heerlijk.'

Ik was dus niet de enige die het spelletje met de achternaam deed. *Mara McCloskey. Mara Elizabeth McCloskey. Mara Valentine-McCloskey. Mara Elizabeth Valentine Donald McCloskey.*

'Hij is tweedejaars op Geneseo,' zei Bethany. 'Hij komt van Long Island. We kennen elkaar via het volleyballen. Mijn ouders zien het absoluut niet zitten.'

'Waarom niet?'

'Ze kunnen er maar niet over uit dat hij twintig is. Ik heb ze honderd keer uitgelegd dat ik op mijn vijftiende ook omging met jongens van zeventien, wat hetzelfde leeftijdsverschil is.' Bethany gooide het draadje op haar vloerkleed. 'En omdat... nou ja... omdat ik volgend jaar met hem een etage wil gaan zoeken en niet in een studentenhuis wil wonen.'

'Wat zeiden ze toen?'

'Over onze lijken.'

'En wat zei jij toen?'

'Ik vroeg of ze begraven of gecremeerd wilden worden.'

'Wauw,' zei ik lachend.

'Mijn moeder gedroeg zich net heel normaal beneden, maar we lopen al de hele week te ruziën. Ik zal blij zijn als ik hier straks weg ben.'

Ik knikte en vroeg me af of al mijn leeftijdsgenoten het zo moeilijk hadden met hun ouders.

Bethany en ik kletsten nog een dik uur over onze vriendjes en over wie naar welke universiteit ging. Rond twaalf uur riep haar moeder naar boven dat ze hulp nodig had met de was.

'Ze is boos,' zei Bethany. 'Ik hoor het aan haar stem. Ze kan het niet verkroppen dat ik het nu gezellig heb.'

Terwijl we naar beneden liepen, zei ik: 'We moeten eens een keer iets afspreken.'

'Voor de echt?' vroeg Bethany. 'Of voor de nep?'

'Wat dacht je van allebei?'

Bethany lachte. 'Zullen we samen naar *Damn Yankees* gaan? De uitvoering is over twee weken.'

'Ja, leuk.'

'Wist je dat Lindsey in het koor zit?'

Ik schudde mijn hoofd.

'Ze heeft het constant over V.'

'In positieve of negatieve zin?'

'Oh, weet je dat niet? Ze zegt dat V een absolute ster is!'

'Meen je dat?'

Bethany knikte. 'Ze kan zo naar Broadway.'

Dinsdags was het 1 april. Het was tevens de laatste avond van V's voorbereidingscursus. Er werd voor aankomende studenten en hun ouders een niet-verplichte voorlichtings-avond gehouden over de toelatingsprocedure voor de universiteit. De uitslag van het laatste oefenexamen was al bekendgemaakt, en V stond er zo goed voor dat het erop leek dat ze mijn score op het officiële toelatingsexamen ging verbeteren.

V bleef volhouden dat ze het nut van een voorlichtingsavond niet inzag omdat ze niet eens wist of ze wel naar de universiteit wilde. Toen mijn ouders dat hoorden, probeerden ze haar niet te veel onder druk te zetten. In plaats daarvan zeiden ze kalm dat het geen kwaad kon te horen wat ze te zeggen hadden en dat er op sommige universiteiten uitstekende dramacursussen werden gegeven. Toen V nog steeds niet overtuigd was, stelden ze voor om alleen de eerste helft van de bijeenkomst te bezoeken en naderhand naar een steakhouse te gaan. Bij het vooruitzicht van een sappige biefstuk klaarde V's gezicht op en stemde ze ten slotte toe.

Nadat ze vertrokken waren naar Rochester, ging ik aan mijn bureau zitten om de resultaten uit te werken van een natuurkundepracticum over het ijken van een thermometer in koude en hete stoffen. De opdracht moest de volgende dag ingeleverd worden. Normaal gesproken zou ik zo'n opdracht al dagen van tevoren af hebben en alleen nog maar even hoeven doorkijken. Maar de laatste tijd stelde ik mijn huiswerk steeds vaker tot het allerlaatste moment uit, en moest ik me er regelmatig met een slappe smoes uit redden. En het gekke was dat ik ondanks alles toch hoge cijfers haalde.

Ik was net aan de berekening van de foutmarge begonnen, toen mijn mobiele telefoon ging. Hoewel ik het nummer op de nummermelder niet herkende, nam ik toch op. Omdat ik in eerste instantie alleen maar iemand hoorde jammeren, dacht ik dat het een 1-aprilgrap was. Ik wilde net ophangen, toen een huilstem zei: 'Mara?'

'Claudia?' vroeg ik. 'Alles goed met je?'

Claudia hapte snotterend naar adem. Op een gegeven moment zei ze iets wat klonk als: 'Waarom... heb je niets... gez-e-e-e-e-g-d?'

'Waarover?'

'Waarom heb je-e-e-e-e-e...' Claudia begon weer te snikken. Ik hoorde iemand de telefoon van haar overnemen, waarna een vrouwenstem zei: 'Mara?'

'Ja?'

'Je spreekt met Pauline. Claudia's kamergenoot.'

Ik had Pauline wel eens ontmoet. Ze komt zo nu en dan in de Common Grounds, en dan geeft Claudia haar stiekem gratis koffie. Ze heeft een lange neus vol sproeten, waarmee ze constant in de psychologieboeken zit.

'Hoi,' zei ik. 'We hebben elkaar...'

Pauline onderbrak me door me te verwijten dat Claudia toevallig langs James' flat was gereden en een auto had zien staan die precies op de mijne leek. Ze was uitgestapt en had in de auto gekeken, waar ze mijn tas had zien liggen.

Ik was sprakeloos. Ik was inderdaad bij James geweest, maar de parkeerplaats bij zijn flat ligt een eindje van de hoofdweg af. Daar kwam je niet 'toevallig' langs, daar moest je speciaal voor afslaan.

Terwijl Pauline haar verhaal deed, hoorde ik Claudia op de achtergrond snikken.

'Kan ik Claudia nog even spreken?' vroeg ik aan Pauline.

'Ik denk niet dat ze daartoe in staat is.'

'Ik wil haar alleen zeggen dat het me spijt.'

'Dat het je spijt? Hoezo, dat het je spijt? Je bent toch zeker de baas over je eigen beslissingen? Of ben je niet zo thuis in het "ego" en het "id"?'

Het ego en het id? Wat had dit met het ego en het id te maken?

'Ik ben alleen...' Ik masseerde mijn voorhoofd. 'Ik wilde... Het gebeurde gewoon... Ik heb niemand willen kwetsen.'

'Maar dat heb je wel gedaan. Je zweerde dat jullie niets met elkaar hadden. Je hebt haar vertrouwen geschonden. Weet je wel wat dat met iemand doet? Zo iemand is voor het leven getekend. Je brengt iemand grote psychologische schade toe, oké? Maar je zult wel blij zijn te horen dat ze ontslag heeft genomen bij de Common Grounds. We hebben zonet een e-mail aan James gestuurd. Dus nu kunnen jullie lekker je gang gaan en hoeven jullie je ziekelijke spelletjes niet meer geheim te houden.'

Pauline besloot met: 'Het zou voor jou geen overbodige luxe zijn om eens in therapie te gaan.' En toen hing ze op.

16

En óf V een ster was.

Op een regenachtige vrijdagavond halverwege april werd *Damn Yankees* voor het eerst opgevoerd op Brockport High School. Ik ging er met Bethany en haar vriend Keith naartoe. We kwamen op de derde rij in de zaal terecht, precies naast Jordan, het broertje van Lindsey Breslawski, en hun oom en tante. Mijn ouders zaten twee rijen voor ons; mijn moeder had de videocamera in de aanslag, mijn vader de digitale camera. Ze hadden Aimee beloofd de foto's te zullen e-mailen zodra ze thuis waren.

De afgelopen weken hadden we thuis het onderwerp Aimee zorgvuldig vermeden. Sinds februari had Aimee vrij regelmatig gebeld. V had dolgraag gewild dat ze naar Brockport was gekomen voor de uitvoering van *Damn Yankees*. Eerst had Aimee gezegd dat ze zou komen en hadden mijn ouders haar zelfs aangeboden het ticket te betalen. Maar twee weken geleden belde ze ineens om te zeggen dat het daar een gekkenhuis was en ze geen vliegticket had kunnen kopen. Ze gaf niet precies aan wat ze met 'gekkenhuis' bedoelde, en toen mijn vader het nieuws doorgaf, zei V dat Aimee nooit haar beloften nakomt en als ze het woord 'gekkenhuis' gebruikt, betekent dat haar relatie op springen staat en dat we

binnen een maand een telefoontje van Aimee kunnen verwachten waarin ze ons meedeelt dat ze altijd al in Wiscon-
sin geitenkaas heeft willen maken of op een vissersboot in
Alaska heeft willen werken.

Toen V was uitgeraasd, zat haar gezicht onder de rode vlekken. Ze stormde naar boven. Mijn moeder volgde haar, maar
kwam even later naar beneden en zei dat V niet wilde praten. Telkens wanneer een van ons het de afgelopen weken
over Aimee had, snoof V en zei: 'Oh ja, dat zal wel,' of 'Let
op mijn woorden, een vissersboot in Alaska.' Nadat Aimee
die middag had gebeld om V succes te wensen, was V naar
haar kamer verdwenen om pas weer tevoorschijn te komen
toen het tijd was om door mijn vader naar school te worden
gebracht.

Maar op de planken was er aan V niets te merken. Toen ze
halverwege het eerste bedrijf het podium op kwam dansen,
hield iedereen op met hoesten, chips eten en pepermunt-
jes aan elkaar doorgeven. Het publiek was muisstil en alle
ogen waren op haar gericht. Sommige jongens, zoals Jordan
Breslawski, bogen zich voorover in hun stoelen, maar volgens mij alleen maar om een beter zicht op haar decolleté te
hebben.

V was ongeveer gekleed zoals de Lola in de filmversie van
Damn Yankees. Ze droeg een strak, zwart strapless jurkje met
pikante ruches op de heupen, netkousen en hoge zwarte
pumps. Een van de hulpmoeders had haar haren in de krul-
lers gezet, zodat haar honingkleurige lokken over haar rug
golfden. Ze had haar inmiddels aangegroeide pony naar de
zijkant gekamd. Een andere moeder had haar prachtig opgemaakt, zodat haar jukbeenderen extra goed uitkwamen

en haar lippen iets sensueels kregen. En daar kwam haar decolleté nog eens bij.

De vorige avond hadden we het nog over haar make-up gehad. Toen ik thuiskwam van de Common Grounds, werd V net thuisgebracht van de generale repetitie. Terwijl we over de oprit liepen, zei ik dat ik onder de indruk was van de manier waarop ze was opgemaakt.

Even bleef V onder de buitenlamp staan. 'Weet je wat pas écht indrukwekkend is?'

Ze knoopte haar jas open en legde haar handen onder haar borsten, die ineens duidelijk zichtbaar waren onder haar T-shirt. 'Moet je zien! Ik heb tieten! Prammen! Memmen!'

'Hoe kan dat ineens?'

'Ik heb een push-upbeha aan, met massa's schuim erin. Nooit geweten dat je met een beha wonderen kon verrichten.'

'Dus je gaat van nu af aan een beha dragen?'

V haalde haar schouders op. 'Het is leuk voor de musical, maar verder heeft het weinig zin. Er valt toch niet veel hoog te houden.'

'Wil je niet...' Ik zweeg even. 'Heb je het nooit jammer gevonden...'

'Dat de vrouwen in onze familie het borstgen missen?'

Ik lachte. 'Zo zou je het ook kunnen zeggen.'

'Ik vind het niet fijn om een beha te dragen. Misschien als ik veertig ben en de zaak gaat hangen, dat ik dan een beha ga dragen. Ik weet het niet. Ik heb geen haast.'

Maar niet alleen V's pikante uiterlijk hield de aandacht van het publiek vast. Het was ook het kokette, verleidelijke stemmetje dat ze opzette en de manier waarop ze haar kin schuin hield en op haar hakken heupwiegend in het rond paradeerde. Toen ze uitbarstte in haar eerste nummer 'A Little Brains, a Little Talent' vergat ik gewoon dat het orkest vals speelde en dat ik in de aula zat en dat V Lola was of Lola V.

Toen ze klaar was met haar lied, barstte het applaus los. Ik zag mijn vader met zijn handen boven zijn hoofd klappen. Mijn moeder draaide de camera naar het publiek om de reacties te filmen. Toen ze mij in het oog kreeg, vormde ik de letter V met mijn wijs- en middelvinger. Tegelijkertijd besefte ik dat dat hetzelfde is als het vredesteken.

Bij het begin van het tweede bedrijf werd het publiek weer rustig. Toen ik Bethany en Keith hand in hand naast elkaar zag zitten, miste ik James.

Even had ik overwogen om hem ook uit te nodigen. Maar dat had ik toch maar niet gedaan, omdat ik bang was dat mijn ouders zich dan zouden afvragen waarom mijn baas van de Common Grounds met me meeging naar een schooluitvoering. Sinds het telefoontje van Claudia/Pauline tien dagen geleden was onze relatie veel intenser geworden. De eerste maand hadden we eigenlijk alleen maar gezoend en gelachen, maar nu had ik het gevoel dat er een heel nieuw element bij was gekomen. Meer diepte.

Nadat Pauline de telefoon had neergelegd, had ik James in de Common Grounds gebeld. Ik moest zo hard huilen dat ik bijna niet kon praten. Maar ik hoefde niets uit te leggen, want hij had zojuist het e-mailtje van Claudia gekregen waarin ze ontslag nam. Hij vroeg of we ergens konden afspreken of dat ik naar zijn flat wilde gaan. Ik kon alleen maar snikken. Toen James vroeg of mijn ouders thuis waren en ik 'nee' stamelde, zei hij dat hij meteen naar me toe zou komen. Vijf minuten later reed hij de oprit op. Toen ik naast hem in de auto ging zitten, omhelsde hij me en wreef net zo lang over mijn rug totdat ik stopte met huilen.

'Vind je me niet slecht?' vroeg ik terwijl ik de tranen van mijn wangen veegde.

James pakte mijn hand en kuste mijn vingers één voor één.

'Je bent helemaal niet slecht, Mara. Dat zit niet in je. Misschien hadden we Claudia moeten vertellen dat we iets hebben, maar jij hebt alleen maar geprobeerd haar niet te kwetsen.'

'Ik ben stiekem geweest en heb tegen haar gelogen.'

'Maar denk je niet dat ze al een vermoeden had? Denk je niet dat ze al wist dat er iets tussen ons was? Ze is niet voor niets naar de parkeerplaats bij mijn flat gereden.'

'Maar ik heb jou van haar afgepakt.'

'Maar ik had toch niets met haar en ik heb haar toch niet bedrogen met jou?'

'Maar ze was verliefd op je en ik ben haar vriendin. Vriendinnen horen zoiets niet te doen.'

'Maar Claudia is toch ook niet zo'n goede vriendin voor jou geweest? Op een bepaald moment had ze moeten weten dat ik niet op die manier om haar gaf. Dus als ze ook maar even heeft gevoeld dat jij en ik elkaar leuk vinden, had ze jou niet van mij moeten afhouden. Dat is niet eerlijk. Liefde laat zich niet dwingen.'

Het was eruit.

Voor het eerst in de geschiedenis van Mara en James was het hoge woord eruit. Ik keek James aan en hij keek mij aan. Daar zaten we elkaar dan hand in hand aan te kijken. En plotseling was het alsof we voor elkaar bestemd waren, ondanks Claudia, ondanks ons leeftijdsverschil, ondanks het feit dat ik naar Yale zou gaan en ondanks alles wat er tegen onze relatie viel in te brengen.

Toen de musical ten einde was, kreeg de cast een staande ovatie. Toen V een reverence maakte, barstte de zaal in een daverend applaus los. Nadat het doek voor de laatste keer was neergelaten, gingen mijn ouders en ik achter de coulissen om V het enorme boeket witte rozen te overhandigen dat mijn moeder bij de bloemisterij had besteld.

V was omringd door lonkende derdeklassers, maar wij drongen ons door de menigte om haar te omhelzen en te zeggen hoe geweldig ze het had gedaan. Met tranen in haar ogen bedankte ze ons voor onze steun en stimulans om door te zetten. Terwijl mijn vader foto's maakte van V met de andere leden van de cast en mijn moeder stond te kletsen met de tante van Lindsey, speurde ik naar bekende gezichten en zwaaide naar de leerlingen die ik kende. Toen ik me omdraaide, zag ik meneer Hendrick.

Op ongeveer vijf meter van me vandaan stond hij de hand van meneer B. te schudden. Ik moest me bedwingen om niet naar hem toe te gaan en hem eens goed op zijn nummer te zetten. Ik had hem willen zeggen dat hij me nooit had mogen beledigen tijdens de repetities en dat ik er goed aan gedaan had zijn domme vak te laten vallen.

Maar op hetzelfde moment besefte ik dat hij alle dansnummers van V had gechoreografeerd en haar tot deze schitterende prestatie had gebracht. Meteen zakte mijn boosheid. Het ging nu niet om mij. Het ging om V. Dit was haar moment. Zodra V zich had afgeschminkt, haar spijkerbroek had aangetrokken en haar handtekening had gezet op de programma's van een paar bewonderende leerlingen uit de lagere klassen, propten we ons in Keiths auto om naar Friendly's te gaan. Het grootste deel van de cast was er al, sommigen nog steeds in hun petticoats en honkbaltenue. Ze wenkten allemaal naar V om haar aan hun tafeltje te krijgen, maar ze gebaarde dat ze ergens met ons ging zitten.

We namen plaats in een box, Bethany en Keith aan de ene kant, V en ik tegenover hen. We kletsten over wie zijn tekst was vergeten, wie op het podium was gestruikeld en wie ons met zijn verborgen talent had verrast. Keith zei niet zoveel, behalve af en toe een korte opmerking. Maar je kon zien dat het een lieve jongen was, zoals hij Bethany voortdurend aanstaarde en over haar arm streelde.

Toen de serveerster bij onze tafel kwam, bestelde Bethany pepermuntijs met extra veel warme chocoladesaus. Keith bestelde gefrituurde uiringen en een cola, V een milkshake. Net toen ik op het punt stond om, zoals altijd, een frambozensorbet te bestellen, viel mijn oog op de menukaart en hoorde ik mezelf zeggen: 'Een kaastosti graag.'

'Met cheddar of gruyère?' vroeg de serveerster.

'Kan het ook allebei?'

De serveerster krabbelde iets op haar notitieblokje en nam onze menukaarten mee. Terwijl ze terugliep naar de keuken, staarde V me aan. 'Hoorde ik dat goed? Bestelde jij zojuist een dierlijk product?'

'Ik ben bang dat ik niet zonder kaas kan.'

'Nou, dan zul je binnenkort ook wel niet meer zonder hamburgers kunnen,' zei V. 'Ex-veganist vergrijpt zich aan sappige hamburger.'

Hoewel dat soort opmerkingen me altijd vreselijk boos maakte, kon het me nu niets schelen. Ik wist dat ze gewoon een grapje maakte.

'Mmm,' zei ik, mijn lippen aflikkend, 'met knapperige spekjes.'

'Meen je dat nou?' vroeg V. 'Heb je echt zin in spek?'

Ik schudde mijn hoofd. 'Daar had ik je tuk!'

'Echt wel!'

Bethany en Keith keken ons aan met een blik alsof ze geen idee hadden waarover we het hadden.

'Tsjonge,' zei Bethany ten slotte. 'Jullie zouden zusjes kunnen zijn.'

V glimlachte naar me, en ik glimlachte terug. Ik besefte dat ik dat totaal niet als een belediging opvatte. In de verste verte niet.

17

Mijn ouders besloten met V naar New York City te gaan en een musical op Broadway te gaan zien. Deels omdat ze trots waren op haar vertolking van de rol van Lola en iets speciaals voor haar wilden doen; deels omdat we eind april een lang weekend vrij hadden vanwege een lerarenvergadering die op maandag werd gehouden. Daar kwam bij dat een vriend van hen, Mike Shreves, op zaterdagavond een verjaardagsfeest gaf in Manhattan en mijn ouders nu een goed excuus hadden om niet te lang te hoeven blijven.

Maar ik ken mijn ouders goed genoeg om te weten dat ze altíjd – en vooral in de laatste maanden van de vijfde klas – een verborgen agenda hebben. En ja, hoor, ik kreeg gelijk. Zodra V eenmaal ja had gezegd en mijn moeder drie kaartjes voor *Hairspray* had gekocht, stelden ze tussen neus en lippen voor om ook direct maar een paar universiteiten in New York te bezoeken. Per slot van rekening had je daar de Tisch School of the Arts, een van de meest prestigieuze toneelopleidingen van het land. En een paar dagen later stelden ze voor de vrijdag vrij te nemen en niet met het vliegtuig maar met de auto naar New York te gaan. Het was mooi weer en bovendien konden ze dan op de terugweg nog een paar universiteiten bezoeken.

Ze hadden gevraagd of ik zin had om mee te gaan, maar ik had gezegd dat ik het te druk had met de voorbereidingen voor mijn examen statistiek en de organisatie van het schoolbal.

LEUGENS, LEUGENS EN NOG EENS LEUGENS!

De echte reden was dat ik de nacht met James wilde doorbrengen. In de weken daarvoor was de temperatuur tussen ons behoorlijk opgelopen. We hadden een beetje liggen rollebollen op zijn bed en hij had zijn hand al een paar keer in mijn beha laten glijden en me daar gekust. En een keer had ik zijn T-shirt omhooggetrokken en mijn borsten tegen zijn blote borst gedrukt. Dat voelde zo fijn dat ik nog steeds spontaan begin te glimlachen als ik eraan denk, of ik nu in de natuurkundeles zit, mijn nagels vijl of voor een rood stoplicht sta te wachten.

Maar toch had ik altijd het gevoel dat James en ik onder tijdsdruk stonden. We hadden een uur, een halfuur, mijn mobieltje kon elk moment gaan, hij moest terug naar de Common Grounds. We moesten altijd snel onze kleren en haren kunnen fatsoeneren en een smoes klaar hebben voor het geval me werd gevraagd waar ik was.

Dus toen mijn ouders vertelden dat ze een paar dagen met V naar New York gingen, kwam dat als een geschenk uit de hemel. Ik besprak het met James en we kwamen tot de conclusie dat ik beter niet bij hem kon blijven slapen voor het geval mijn ouders naar huis zouden bellen om te horen of alles goed met me was. Maar James kon wél bij mij thuis komen slapen. Als mijn ouders belden, kon ik gewoon zeggen: *Natuurlijk, maak je geen zorgen, met mij is alles goed.*

Op die bewuste vrijdagochtend hielp ik ze hun spullen – etensvoorraad, kaarten en chique kleding – in stomerijhoezen in de auto te leggen. Terwijl mijn moeder achteruit de oprit af reed, drukte mijn vader me op het hart dat ik mijn mobieltje aan moest laten staan en de deuren goed op slot moest doen. 'Doe ik,' zei ik.

V leunde uit het raampje. 'Doe niets wat ik ook niet zou doen!' Ik liet haar woorden even bezinken. Waarschijnlijk zijn er weinig dingen die V níét zou doen, dus terwijl ik hen uitzwaaide, riep ik terug: 'Oké!'

Na een laatste keer zwaaien, reed mijn moeder de straat op. Ik keek de bolleboossticker na totdat de auto uit het zicht was verdwenen.

James moest diezelfde avond naar Schenectady, naar de verjaardag van zijn grootmoeder, die negentig werd. Omdat het met de auto vier uur rijden is, zou hij een nachtje overblijven en pas de volgende middag terugkomen. Zelf ging ik 's avonds met Bethany en Lindsey naar de bioscoop, kwam om halfelf thuis, belde mijn ouders en ging naar bed. Terwijl ik onder mijn dekbed lag, kon ik aan niets anders denken dan aan het vooruitzicht dat James de volgende avond bij mij zou blijven slapen. Ik liet mijn handen over mijn heupen glijden en wurmde mijn vingers onder het elastiek van mijn slipje. Als James en ik aan het vrijen zijn en ik me tegen hem aandruk, verlang ik er soms naar dat hij me daar aanraakt.

De dag daarna was ik erg onrustig. Ik bladerde drie kwartier afwezig door de studiegids van de Johns Hopkins-universiteit. Hoewel ik me pas voor eind mei hoefde in te schrijven voor het zomerprogramma, hadden mijn ouders er steeds op aangedrongen daar op tijd werk van te maken, om te voorkomen dat de vakken van mijn eerste keuze vol zouden zitten. Maar op de een of andere manier wist ik niet wat ik moest kiezen. Als ik aan de zomer dacht, betrapte ik mezelf erop dat ik liever iets met James ging doen dan mezelf opsluiten in een collegezaal in Baltimore.

Ik legde de studiegids opzij en stuurde een paar leden van de leerlingenraad een mailtje over het budget voor het eindgala. Ik pakte een paar snacks uit de keukenkast, liet een boodschap op Bethany's voicemail achter en klapte mijn boek *Basisstatistiek* dicht. Ik nam een douche, schoor mijn benen en smeerde me helemaal in met mijn moeders dure huidcrème. Ik weerstond de verleiding een paar mee-eters uit te knijpen, want ik wilde die avond geen rode vlekken in mijn gezicht hebben.

Uiteindelijk trok ik mijn gymschoenen aan en wandelde naar het kanaal. Ik probeerde onderweg te genieten van de gele narcissen en de uitbottende bomen. Maar het enige waaraan ik kon denken, was dat James over een paar uur terug zou zijn, dat we samen in de Common Grounds zouden werken en daarna naar mijn huis zouden gaan. En dan...

OH MIJN GOD.

James en ik zouden vanavond in één bed slapen!

Die avond bleven James en ik de hele tijd tegen elkaar glimlachen. We raakten elkaar in het voorbijgaan telkens even aan en tekenden hartjes op de kassarol. Het hielp niet bepaald dat hij zijn vale spijkerbroek met het gat droeg. En ook niet dat het een mooie, zachte lenteavond was. Bovendien zong mijn nieuwe collega, Josh, de hele avond niets anders dan 'Love Is in the Air'.

James had na Claudia's ontslag een nieuw rooster gemaakt.

Hij had Josh en Randy uit elkaar gehaald omdat ze als duo te veel decibellen produceerden. We hadden Josh niet met zo veel woorden verteld dat we verkering hadden, maar deden ook geen moeite onze liefde voor elkaar te verbergen. Waarschijnlijk wist hij inmiddels hoe de vork in de steel zat.

Maar Josh had die zaterdagavond wel gelijk met zijn liedje. Er hing duidelijk iets van liefde, spanning en verwachting in de lucht.

En naarmate de avond vorderde, werd het alleen maar spannender. De mollige, oudere vrouw en de iele jongere man zaten zoals altijd aan hun vaste tafeltje achter een cafeïnevrije cappuccino en een gezamenlijke punt bosbessentaart. Sinds januari, toen Claudia en ik begonnen te vermoeden dat ze elkaar via internet kenden, waren ze bijna elk weekend in de Common Grounds geweest. Ze zaten altijd hand in hand en gingen helemaal in elkaar op. In het begin vond ik ze absoluut niet bij elkaar passen, omdat zij twee keer zo oud is als hij en hij bijna half zo klein als zij, maar in de loop van de maanden was ik gewend aan ze geraakt.

Tegen halftien stond ik de kopjes uit de vaatwasmachine te halen, terwijl James een pot vulde met chocoladekoffieboontjes. Josh zong: 'Love is in the air, love is in the air, oh, oh, oh, oh, uh, uh, uh, uh...'

Juist op het moment dat Josh zijn laatste 'uh' uitkraamde en ik het laatste kopje wegzette, stond het iele ventje op van zijn stoel, zakte neer op een knie en haalde een zwart juwelendoosje uit zijn zak. De vrouw legde langzaam haar taartvorkje neer. Ik tikte James op zijn arm en wees in hun richting. Zodra hij besefte wat er gebeurde, wendde hij zich tot Josh en siste: 'Ssssssssst!'

Alle klanten staarden hen aan. De jongen zat nog steeds geknield. De vrouw keek in het inmiddels geopende doosje en knikte. Hij schoof de ring aan de ringvinger van haar linkerhand, waarna ze elkaar kusten en liefdevol omhelsden. Iedereen applaudisseerde. Ik kreeg tranen in mijn ogen van ontroering.

'Zie je wel?' riep Josh uit terwijl hij zijn armen spreidde. 'LOVE IS IN THE AIR!'

James klapte in zijn handen en riep dat hij trakteerde op cafeïnevrije cappuccino en bosbessentaart.

Nog meer applaus.

Terwijl ik cappuccino's begon te maken en Josh, die alweer uit volle borst stond te zingen, de taart aansneed, kreeg ik een brok in mijn keel. Ik moest ineens aan Claudia denken en dat we zo hadden moeten lachen toen het nu verloofde stel voor het eerst in de Common Grounds kwam. Ik dacht aan mijn opmerking dat de vrouw uit was op een ring aan haar vinger. Claudia zou het geweldig hebben gevonden dat mijn voorspelling uit was gekomen.

Toen iedereen van gratis koffie en taart was voorzien, zei ik tegen James dat ik even een korte pauze nam. Ik liep naar buiten en haalde mijn mobiele telefoon uit mijn zak. Ik scrolde door mijn telefoonboek tot Claudia's nummer verscheen.

Jammer genoeg nam Pauline op.

'Is Claudia er ook?' vroeg ik.

'Wie kan ik zeggen dat er aan de telefoon is?'

'Mara.'

'Mara van de Common Grounds?'

'Ja.'

Pauline schraapte haar keel. 'Ik dacht dat ik duidelijk had gezegd dat Claudia je niet wil spreken.'

'Maar ik dacht...'

'Je hebt zeker nog nooit van de honden van Pavlov gehoord?'

'De honden van wie?' vroeg ik.

'De honden van Pavlov. Dat was een psychologisch experiment met honden die begonnen te kwijlen zodra Pavlov een belletje liet horen, omdat ze dan dachten dat ze te eten kregen.'

'Wat heeft dat te maken met...'

'Dat heet een "geconditioneerde respons", ook wel "pavlov-reactie" genoemd,' zei Pauline. 'Jij zou zo geconditioneerd moeten zijn dat je weet welke respons je krijgt als je Claudia belt.'

'Pardon?'

'Dag,' zei Pauline en ze hing op.

Ik stopte mijn mobieltje terug in mijn zak. Ik kon wel huilen. Ik móést met Claudia praten. Ik wilde haar zeggen dat het me speet dat ik tegen haar had gelogen en dat ik hoopte dat ze misschien, héél misschien, bereid was me te vergeven.

Ik haalde mijn telefoon weer uit mijn zak en belde V's mobiele nummer.

'Mara?' zei ze. Ik hoorde stemmen en gelach op de achtergrond, en het gerinkel van bestek.

'Waar ben je?'

'Wat?'

'Ik zei: "Waar ben je?"'

Ik hoorde V iets zeggen, waarna mijn vader vroeg: 'Wat is er? Alles goed met Mara?' Waarop V zei: 'Ja, hoor, ze wil alleen even gedag zeggen.'

Een minuut later zei V ademloos: 'Hoi! Ik ben even naar buiten gerend.'

'Waar ben je?'

'Op het verjaardagsfeest van die vriend van je ouders. In een heel duur restaurant. Maar moet je horen... ze hebben hier niet eens ketchup! Kun je je dat voorstellen? Een restaurant zonder ketchup?'

Ik lachte. 'En hoe gaat het verder?'

'Oh, best. We gaan morgenavond naar *Hairspray*. En vanmiddag zijn we op New York University wezen kijken. Opa en oma zijn ervan overtuigd dat het de perfecte universiteit voor mij is.'

'En jij?'

'We zullen zien. Maar hoe is het met jou? Waarvoor bel je eigenlijk?'

'Dit komt misschien als een donderslag bij heldere hemel,' zei ik aarzelend, 'maar ik wou alleen even zeggen dat het me spijt dat ik zo vervelend tegen je ben geweest... na dat voorval tussen jou en Travis.'

V zei niets. Het stoplicht op Main Street sprong op groen en er zoefden een paar auto's voorbij.

'V? Hoor je me?'

'Ja,' zei ze zacht.

'Is er iets?'

'Nee... Ik dacht alleen...' V's stem stierf weg. 'Ik... je moest eens weten hoe blij ik ben dat je dat zegt.'

'Meen je dat?'

'Het was een rotstreek van me. Ik snap niet waarom ik altijd van die idiote dingen doe.'

'Dat is niet zo.'

'Nou, soms wel.'

'We doen allemaal wel eens iets doms. Maar dat betekent nog niet...'

'Jij niet,' zei V.

Ik niet?! Ik ben een pavlovhond, een achterbaks kreng en breng andere mensen ernstige psychologische schade toe.

'Nou, ik kan er ook wat van,' zei ik. 'Geloof me maar.'

In het begin vond ik het vreemd om samen met James in ons huis te zijn. Ik was een beetje zenuwachtig omdat hij nog nooit bij ons binnen was geweest. Niet omdat ik nu de perfecte gastvrouw moest spelen of omdat ik me schuldig voelde en bang was betrapt te worden. Mijn ouders waren in New York City, dat stond vast. En ik was samen met James vanaf de Common Grounds naar huis gereden, zodat de buren geen twee auto's op de oprit zouden zien staan.

Ik denk eerder dat ik nerveus was omdat mijn twee werelden nu bij elkaar kwamen. Mijn ouderlijk huis, mijn rapport op de koelkast, mijn jeugd. En dan James, die sexy glimlach op zijn gezicht, dat gat in zijn broek, de persoon die ik nu ben. Door de zenuwen begon ik honderduit te kletsen. Ik vroeg James of hij iets wilde eten (nee), of hij een glas water wilde (ja), of hij zijn tanden wilde poetsen (straks misschien). Toen ik hem vertelde dat we genoeg reservetandenborstels in huis hadden, lachte hij en zei dat hij niet anders had verwacht met een tandarts als vader.

Ik gaf hem een snelle rondleiding door ons huis. We eindigden in mijn slaapkamer. James bekeek de ingelijste foto's van mij met mijn ouders en liep toen naar mijn boekenkast. Ik pakte de telefoon om mijn ouders te bellen. Ik besloot naar

mijn moeders mobiel te bellen, omdat zij het minst vaak op-
neemt. Toen ik haar voicemail kreeg, zei ik dat ik thuis was
(waar) en ging slapen (niet waar), en dat ze tegen papa kon
zeggen dat hij zich geen zorgen hoefde te maken en dat ik
hem morgen zou bellen.

Toen ik had opgehangen, zei James: 'Wauw.'

Ik verschoof mijn make-updoosje zo dat het op één lijn kwam
te staan met de rand van mijn ladekast. 'Wauw? Omdat ik
steeds beter leer liegen?'

'Nee, omdat je je boeken alfabetisch hebt gerangschikt op de
achternaam van de auteur.'

'Ik wil mijn boeken graag snel terug kunnen vinden. Wat is
daar mis mee?'

James zette zijn glas op een onderzetter op mijn bureau,
kwam achter me staan en sloeg zijn armen om mijn middel.
'Daar is helemaal niks mis mee... Dat vind ik nu net zo leuk
aan jou.'

'Echt waar?'

Hij kuste me in mijn nek. 'Ik vind het leuk om te zien hoe jij
leeft.'

'Dus je vindt het niet gek?'

'Natuurlijk niet.'

We bleven in het midden van de kamer staan en begonnen te
zoenen. Op een bepaald moment keek ik in de spiegel boven
mijn ladekast. Het was een vreemd gezicht mezelf te zien
staan, met mijn blozende wangen en mijn slungelige lichaam
voorovergebogen naar James. Ik stak mijn arm uit naar het
lichtknopje en deed de plafondlamp uit, waarna James me
bij mijn hand pakte en me naar het bed leidde.

Ik heb maar een smal eenpersoonsbed, zodat we dicht tegen

elkaar aan gingen liggen op het dekbed. Na een poosje liet James zijn hand onder mijn blouse glijden. Maar in plaats van mijn blouse omhoog te schuiven, zoals ik anders altijd doe, trok ik hem over mijn hoofd uit. Daarna deed ik mijn beha uit.

'Je bent zo mooi,' fluisterde James.

'Je kunt me niet eens zien. Het is hier stikdonker.'

'Maar ik kan je wel voelen, en je voelt mooi.'

Ik kuste James in zijn hals en streelde zijn schouders, waarna we samen zijn overhemd uittrokken. Toen ik mijn armen om hem heen sloeg en mijn huid tegen zijn huid voelde, vergat ik bijna te ademen. Ik was duizelig van geluk.

'Ik hou van je, James,' fluisterde ik.

'Ik hou ook van jou.'

We begonnen weer te zoenen. We hadden allebei een spijkerbroek aan, maar ik voelde door de stof dat hij opgewonden was. Ik drukte me tegen hem aan en we bewogen onze heupen met elkaar mee. Eerst langzaam, maar daarna steeds sneller.

Mijn hart ging als een razende tekeer en ik voelde een ongelofelijke energie in mijn lichaam, alsof ik eeuwig zo door zou kunnen gaan. Maar toen verspreidde zich een tintelend gevoel door mijn armen, benen, vingers en tenen, totdat ik me helemaal warm en voldaan in zijn armen ontspande.

Terwijl James me over mijn haren streek, nestelde ik mijn gezicht in zijn hals, sloot mijn ogen en glimlachte in het donker.

18

Drie weken later werd ik door mijn mentor naar de kamer van meneer B. gestuurd. Ik zat net met Mindy Vance, het meisje dat achter me zit, te praten over de muziek voor het eindgala. Ze had gehoord dat we een dj uit Rochester hadden ingehuurd en nu was ze bang dat hij alleen maar 'keiharde urban-muziek' zou draaien. Ze spuugde het woord 'urban' uit alsof het een blaadje bittere sla was. Ik verzekerde haar dat er vast en zeker ook liedjes uit de hitparade zouden worden gedraaid en heus niet alleen maar vage undergroundmuziek. 'Mara Valentine?' riep de mentor ineens.

Ik draaide me om. Meneer Flowers noemt me altijd bij mijn achternaam, ook al zitten er geen andere Mara's in de klas, terwijl hij David Vandusen en David Wolk gewoon allebei David noemt en daarbij met zijn vinger degene aanwijst die hij bedoelt. Soms denk ik wel eens dat meneer Flowers zelf zoveel met zijn achternaam is gepest dat hij dat een ander ook wil aandoen.

'Ik heb hier een briefje van meneer Bonavoglia,' zei meneer Flowers. 'Hij wil dat je je na het mentoruur even meldt op zijn kantoor.'

'Weet u ook waarom?'

Meneer Flowers schudde zijn hoofd.

Toen de bel was gegaan, ging ik naar beneden. Ik moet er met mijn gedachten totaal niet bij geweest zijn, want ik had geen enkel idee waarom meneer B. me naar zijn kamer had geroepen. Maar toen Rosemary me met haar brede grijns naar zijn kamer leidde en ik Travis Hart in een van de stoelen zag zitten, drong het tot me door.

Het was zover.

De eindcijfers waren bekend en vanaf nu zou het voor het nageslacht vastliggen, of in elk geval op een plaquette aan de muur bij de administratie vermeld worden, wie van ons de beste en wie de op een na beste eindexamenleerling was.

'Ga zitten,' zei Rosemary. 'Meneer B. komt er zo aan.'

Terwijl ik ging zitten, knikte Travis me heel eventjes toe. Hij zat nonchalant onderuitgezakt in zijn stoel en maakte met zijn duimen masserende bewegingen over zijn slapen.

De glazen schaal op het bureau van meneer B. zat vol met M&M's. Ik pakte er drie groene uit. Sinds die kaastosti bij Friendly's at ik weer zuivelproducten, dus ook chocola. Ik mocht van mezelf ook weer 'verborgen eieren' eten, zoals in koekjes en muffins.

Meneer B. verscheen in de deuropening. In zijn lange slierten haar waren de sporen van de kam nog te zien, net zoals in een pas geploegde akker.

'Hallo, Travis! Hallo, Mara!' riep hij uit. Terwijl hij naar zijn bureau liep, klopte hij ons allebei op de schouder.

Meneer B. ging zitten, sloeg zijn handen in elkaar en legde ze op zijn bierbuikje. 'Ik neem aan dat jullie allebei weten waarom je hier bent.'

Ik knikte. Travis kromp in elkaar van de zenuwen.

Meneer B. zat duimendraaiend voor ons, alsof zijn duimen

met elkaar in gevecht waren. Toen begon hij aan een eindeloze monoloog, waarin de woorden 'voorbeeldfunctie' en 'fakkeldragers' om de haverklap vielen.

Intussen werd Travis' gezicht alsmaar roder. Net toen meneer B. ons voorhield dat cijfers ook maar getalletjes zijn en verder niets over je karakter zeggen, zei Travis: 'Oké, oké, we zijn allebei helemaal geweldig, maar wie heeft nu het hoogste eindcijfer, Mara of ik?'

'Ik wilde mijn verhaal even inleiden, omdat jullie cijfers zo vreselijk dicht bij elkaar liggen, een verschil van slechts tweetiende punt...'

Travis bromde ongeduldig.

'Maar ik zal jullie niet langer in spanning houden.' Meneer B. drukte zijn duimen tegen elkaar. 'Mara is de beste. Zij gaat de afscheidsrede houden.'

'Shit!' zei Travis. Hij sloeg met zijn vuist op de stoelleuning. Meneer B.'s glimlach verdween van zijn gezicht. 'Travis, jij bent degene die de tweeëndertigste welkomstrede...'

'De troostprijs, ja.'

'Zo moet je het dus niet zien.'

'Ach, laat ook maar,' zei Travis, terwijl hij opstond. 'Kan ik nu weg?'

Zonder het antwoord af te wachten, verliet hij de kamer. Meneer B. en ik keken hem verbaasd na.

'Zo ken ik Travis niet,' zei meneer B. hoofdschuddend.

Ik wel, dacht ik. Zo gedroeg Travis zich ook altijd toen we nog samen waren. Toen ik hem zei dat ik mijn broek liever wilde aanhouden, zei hij bijvoorbeeld: 'Dat heb ik weer.' Destijds dacht ik dat het mijn schuld was, dat er bij mij iets grondig fout zat. Maar sinds ik met James ben en weet hoe goed het kan zijn, ben ik pas echt gaan zien wat voor vervelende driftkikker Travis is. Ik vind hem niet eens meer aantrekkelijk. Zijn opgeschoren hoofd is te klein voor zijn lichaam, zijn 'charmante' glimlach is nep, om van zijn zogenaamde stoere manier van lopen nog maar te zwijgen.

Meneer B. beet een paar M&M's stuk tussen zijn tanden en vertelde me dat de afscheidsrede niet langer dan vier minuten mocht duren en dat hij een paar voorbeelden in zijn archief had, die ik zou kunnen doorlezen.

Toen hij met me naar de deur liep, gaf hij me een hand. 'En... hoe voel je je nu?'

Ik haalde mijn schouders op.

'Sprakeloos van blijdschap?'

'Zoiets,' zei ik.

Maar in werkelijkheid voelde ik, vreemd genoeg, helemaal niets.

Mijn ouders waren daarentegen dolblij. Die avond zorgden ze voor een feestelijk dinertje, met pasta primavera, stokbrood en een salade van gemarineerde artisjokken. Ze maakten zelfs de fles champagne open die al sinds oudejaarsavond in de koelkast ligt en lieten V en mij er een klein glaasje van meedrinken. Onder het eten riepen ze voortdurend 'gefeliciteerd' en 'op je afscheidsrede!'. En als de een riep: 'Ik kan het bijna niet geloven', zei de ander: 'Oh jawel, het is toch echt waar!'

V zei niet veel. Ze nam kleine slokjes van de champagne, prikte af en toe wat pasta aan haar vork en voelde telkens met haar handen aan haar haren. De vorige dag had mijn moeder haar meegenomen naar een kapsalon in Rochester. De kapster had haar haren van achteren opgeknipt, zodat ze dezelfde lengte als haar pony hadden en haar hoge voorhoofd en lange nek veel beter uitkwamen. Mijn moeder had aangeboden om er ook een keer met mij heen te gaan, maar ik had ervoor gepast. Eindelijk zijn mijn haren lang genoeg om ze in een paardenstaart te kunnen binden, zodat ik ze niet meer elke dag hoef te föhnen als ik daar geen zin in heb. Ook ik zei niet veel tijdens het eten. Deels omdat mijn hoofd rozig was van de champagne, maar ook omdat de afscheidsrede me ineens heel weinig deed. Mijn hele middelbareschooltijd heb ik het beschouwd als mijn levenswerk, als het laatste hoofdstuk van het boek van mijn leven, maar nu ik bij de laatste bladzijde was aanbeland, bleven de aanzwellende muziek, de aftiteling en het zinderende geluksgevoel uit. Om heel eerlijk te zijn voelde ik vrij weinig.

Na het eten boden mijn ouders aan de afwas te doen. Toen ik mijn bord naar de keuken bracht, zei ik: 'Ik ga even wandelen.'

'Zal ik meegaan?' vroeg V.

'Oké.'

Het was een warme avond in mei, dus liepen we op onze teenslippers door de achterdeur naar buiten. Ik droeg een topje en kaki shorts. V had haar kapotte spijkerbroek en een lavendelkleurig T-shirt aan.

We staken de straat over en sloegen linksaf naar het einde van de huizenrij. Onze slippers klepperden op de stoep. Op de kruising waren geen auto's te bekennen, zodat we diagonaal overstaken naar het pad dat om het schoolterrein liep.

'Ben je niet blij?' vroeg V terwijl ze een stok van de grond opraapte.

'Dat ik de afscheidsrede mag houden?'

'Ja.'

'Weet ik niet... Het voelt nog een beetje vreemd.'

V sleepte de stok achter zich aan, alsof ze een koffer op wielen met zich meetrok. 'Nou, ik ben in elk geval heel blij voor je.'

'Dank je.'

'Eigenlijk is het gek... Ik hoor mijn hele leven al de meest fantastische dingen over je. Telkens als ik iets verknalde, hield Aimee me jou als voorbeeld voor. Mara haalt goede cijfers. Mara hoort bij de besten. Mara is toegelaten tot Yale. Je moet het niet verkeerd opvatten, maar ik vond het moeilijk om je aardig te vinden.'

'Ach... dat geeft niet,' zei ik. En dat meende ik. Ik was per slot van rekening ook niet bepaald een fan van haar geweest. 'Ik wil alleen maar zeggen dat ik altijd jaloers ben geweest op alles wat je had. Je cijfers, je ouders. In mijn ogen was je volmaakt. Maar toen ik in *Damn Yankees* zat, besefte ik dat ik, net als jij, ook mijn sterke kanten heb.'

We naderden de Barclay School, waar ik op de basisschool heb gezeten. We staken over en liepen naar de enorme speelplaats die de grasvelden tussen de beide afdelingen van de school met elkaar verbindt. V hield de stok nu in haar vuist geklemd, als een toverstaf.

'Dat is een van de redenen waarom ik je wilde bedanken,' zei ze.

'Mij? *Bedanken?*'

'Omdat je je ouders niet hebt verteld dat ik rook.'

'Je bedoelt toch niet gewone sigaretten?'

V schudde haar hoofd. 'Nee, die andere. Ik ben er in San Diego mee begonnen, maar de laatste tijd doe ik het al veel minder. Ik ben vlak voor de uitvoering gestopt. Ik ben alleen blij dat opa en oma het nooit te weten zijn gekomen. Soms heb je mensen nodig die alleen het goede in je zien.'

We liepen langs een rij lege wiptoestellen.

'Ik wilde jou eigenlijk ook bedanken,' zei ik.

'Mij? Waarom?'

'Omdat je mijn ouders niet hebt verteld over... over dat ik verliefd ben.'

V bleef staan en draaide zich naar me toe. 'Dus ik had gelijk?'

Ik glimlachte. 'Ja... je had gelijk.'

'Wie is het? Bethany kan het niet zijn, want die heeft met Keith... Wacht eens!' V stak haar stok in het gras. 'Het is die jongen van de Common Grounds! James. Heb ik gelijk of niet?'

Ik staarde haar aan. 'Hoe weet je dat?'

'Weet je nog dat je per se niet wilde dat ik bij de Common Grounds ging werken, omdat dat jouw plekje was?'

Ik knikte.

'En weet je nog toen je ziek was? Toen belde hij en wilde je niet met hem praten.'

Weer knikte ik.

'Als dochter van Aimee,' zei V, 'heb ik wel geleerd om aan te voelen wanneer er iets aan de hand is.'

Terwijl we weer verder liepen, vroeg V: 'Is het serieus tussen jullie?'

'Ja,' zei ik voorzichtig.

'Wees maar niet bang,' zei ze. 'Ik ga je echt niet vragen of je het al gedaan hebt.'

Ik moest lachen.

We kwamen bij de hoge schommels. Ik ging op een schommel zitten en zette af. V ging op de schommel naast me zitten en krabbelde met haar stok in het zand. Terwijl ik langs haar heen schommelde, keek ik omlaag om te zien wat ze opschreef. Tot mijn verrassing las ik RIP *Junkie*.

'Hé, dat lijkt wel...'

'Wat lijkt het wel?' vroeg V.

'Laat maar,' zei ik.

'Bedoel je de graffiti in de toiletten op school?'

'Heb je die ook gezien?'

'Natuurlijk,' zei V. 'Ik heb ze zelf geschreven.'

Ik sleepte mijn slippers door het zand totdat mijn schommel tot stilstand kwam. 'Wát zeg je?'

'Zo werd ik op die school in San Diego genoemd. Junkie.'

'En die teringhoer dan?'

Lachend gooide V haar stok in het gras. 'Nee... zo ben ik gelukkig nooit genoemd. Maar je moet toegeven dat het grappig is.'

'Tjee, ik begrijp er niks van. Heb jíj al die graffiti geschreven?'

V draaide een paar keer rond in haar schommel en liet zich toen als een wervelwind terugdraaien. Toen ze eindelijk tot stilstand kwam, zei ze: 'Je vindt me vast niet goed wijs, maar dat heb ik op elke school gedaan waar ik als nieuweling binnenkwam.'

'Heb je steeds dingen over jezelf op toiletmuren geschreven?'

V knikte.

'Dat begrijp ik niet.'

'Jij bent nog nooit nieuw geweest op een school. Ik bijna twintig keer. En ik heb geleerd dat als je gewoon met de stroom meegaat, iedereen je negeert en er totaal niets gebeurt. Maar als je de aandacht op jezelf vestigt, gebeurt er tenminste iets. Jongens gaan met je flirten en hasjrokers nemen je in hun groep op. Soms werkt het averechts en krijg je op je donder, maar je weet toch dat je weer weggaat, dus zo erg is dat eigenlijk ook niet.'

'Hoe is het dan op deze school gegaan?'

'In het begin werkte het prima. Net als altijd. Maar toen ik voor de musical werd gevraagd, begon er iets te veranderen. En ineens was alle graffiti doorgestreept.'

'Dat heb ik gedaan.'

V staarde me aan. 'Jíj? Waarom?'

Ik haalde mijn schouders op. We begonnen weer langzaam te schommelen.

'Ik vind het soms best eng,' zei V na enige tijd.

'Wat?'

'Een goede reputatie hebben. Op het moment dat je iets goed doet, gaan mensen meer van je verwachten.'

Ik knikte, want zo was het in mijn leven altijd gegaan.

'Maar ik denk dat het beter is dan dat niemand meer iets van je verwacht,' zei V.

Dat laatste klonk me eerlijk gezegd als muziek in de oren.

Na een korte stilte vroeg ik: 'Denk je wel eens aan Baxter?'

'Baxter Valentine?'

'Ja... die gewoon allerlei dierengeluiden maakt, alsof het hem niets kan schelen of mensen hem een mafkees vinden. Misschien geeft dat wel een bevrijdend gevoel.'

V lachte. 'Eerlijk gezegd heb ik Baxter nooit benijd.'

Ze begon zich wat meer af te zetten totdat ze hoger schommelde dan ik. Na wat heen en weer zwaaien met mijn benen kwam ik op gelijke hoogte met haar. V keek me aan met een dwaze grijns op haar gezicht. 'Woef,' zei ze.

Ik moest zo hard lachen dat ik me aan de kettingen moest vastklampen om niet van de schommel te vallen. Maar toen ik weer op gelijke hoogte met haar kwam, riep ik: 'Boeoe-oeooeoe!'

'Kukelekuuuuuu!' schreeuwde ze.

'Bèèèèèeèèè!'

'Iiiiiaaaa! Iiiiiaaaa!'

Terwijl we heen en weer schommelden en het ene na het andere boerderijgeluid maakten, keek ik niet één keer om me heen om te zien of er nog andere mensen op de speelplaats waren. Het was gewoon leuk, en tegelijkertijd het mafste wat ik ooit in mijn leven heb gedaan.

19

De zaterdag daarop deed V toelatingsexamen en liet ik het zomerprogramma van de Johns Hopkins-universiteit vallen. Die beslissing kwam niet echt als een verrassing. Om te beginnen kon ik maar niet besluiten welke vakken ik wilde volgen. En later, toen het mooi lenteweer werd en alle eindexamenkandidaten de dagen tot aan de diploma-uitreiking begonnen af te tellen, reageerde ik juist tegengesteld. Voor mij kon de tijd niet langzaam genoeg gaan. Elke dag die voorbijging, was een dag dichter bij het moment dat ik afscheid van James zou moeten nemen.

In de week daarvoor had ik de directeur van het zomerprogramma gemaild met de vraag of ik een paar dagen extra kon krijgen om mijn vakkenpakket samen te stellen. Een uur later kreeg ik een mailtje terug van haar medewerker, Thomas, waarin hij mededeelde dat ik er een week bij kon krijgen. Voordat ik me kon bedenken, schreef ik hem terug en vroeg ik wat er zou gebeuren als ik het zomerprogramma zou laten vallen. Twee minuten later verscheen er een nieuw bericht in mijn mailbox waarin stond dat ik negentig procent van het lesgeld teruggestort zou krijgen als ik hun vóór 5 juni liet weten dat ik niet aan het programma zou deelnemen.

Dit was mijn kans, mijn verlaat-de-gevangenis-zonder-te-betalen-kaart.

Ik bracht V naar Brockport High School, waar ze haar toelatingsexamen zou doen. Het was een zonnige ochtend en ze had gezegd dat ze naar school wilde lopen, dus mijn ouders maakten een stevig ontbijt voor haar klaar, wensten haar succes en vertrokken naar de supermarkt voor de weekendboodschappen. Maar ze waren de deur nog niet uit, of V rende met haar handen op haar buik naar het toilet.

'Alles goed met je?' vroeg ik door de gesloten deur.

'Ik ben misselijk,' zei ze met een zwak stemmetje.

'Zal ik een glas water voor je halen?'

'Nee... het gaat alweer.'

Toen ze tien minuten later uit het toilet kwam, zag ze nog steeds bleek. Ze keek op de klok. 'Ik moet gaan... als ik niet opschiet, kom ik te laat.'

'Zal ik je met de auto brengen?' vroeg ik.

'Vind je dat niet erg?'

'Nee... helemaal niet.'

Onderweg naar school zeiden we niet veel tegen elkaar. Ik probeerde V af te leiden van haar examen, maar ze bleef uit het raam staren. We werden opgehouden door een langzaam rijdende tractor, dus ik keek naar de rode en gele tulpen, die dit jaar vroeger bloeiden dan anders. V masseerde haar buik met haar rechterhand. Ik zag dat ze op de vier vingers van haar linkerhand *relax, relax, relax, relax* had geschreven en op haar duim *VVV*.

'Het gaat vast goed,' zei ik.

Ze knikte afwezig.

'Je hebt het oefenexamen toch ook heel goed gemaakt?'

'Ja, maar dit is het echte werk.'

'Als je niet tevreden bent met de uitslag, kun je het examen altijd nog in de herfst overdoen.'

'Maar daarvan krijg je wel een aantekening op je rapport, dus het is beter dat ik het meteen goed maak.'

Ik keek opzij naar V. Ze maakte zich al net zo zenuwachtig voor een examen als ik, en daar benijdde ik haar niet om.

Nadat ik haar bij school had afgezet, belde ik James om te vragen of hij zin had om mee naar Northampton Park te gaan. Dat is een park aan de rand van Brockport, met picknickplaatsen, sleehellingen en wandelpaden. Hij zei dat hij de ochtend vrij had genomen om de was te doen, maar dat hij nu voor het raam naar de blauwe lucht stond te kijken. Ik zei dat ik er meteen aan kwam.

Het was nog vroeg in de ochtend, dus het was betrekkelijk rustig in Northampton Park. Ik reed een parkeerplaats op, sloot de portieren van de auto en wandelde hand in hand met James naar een smal ruiterpad. Na een paar minuten lopen wees James op een groene open plek die bijna helemaal door bosjes aan het oog werd onttrokken.

'Zullen we hierin gaan?' vroeg hij.

'Oké,' zei ik terwijl ik het pad verliet.

We gingen in het gras liggen en met mijn hoofd op zijn schouder keken we een paar minuten naar de oneindige lucht. Toen ik het warm kreeg van de zon, schoof ik mijn blouse omhoog en stopte hem onder mijn beha.

'Het lijkt wel of we aan het kamperen zijn,' zei James.

'Ja, hè? Het is hier zo rustig.'

'Zou het niet heerlijk zijn om deze zomer samen te gaan kamperen? Wij met zijn tweetjes, ergens in de Adirondacks?'

'Ik wou dat het kon.'

'Ja... Ik probeer er niet aan te denken dat je straks weggaat.'

'Stel dat ik het niet zou doen?'

James draaide zijn gezicht naar me toe. 'Wat niet? Het zomerprogramma?'

Ik knikte.

'Maar je hebt je toch al ingeschreven?'

Ik vertelde James dat ik negentig procent van het lesgeld kon terugkrijgen en dat ik het restant aan mijn ouders zou kunnen terugbetalen met het geld dat ik met mijn baantje bij de Common Grounds had verdiend.

'Heb je het er al met je ouders over gehad?'

'Nog niet.' Toen lachte ik en zei: 'Als ik deze zomer niet ga studeren, zal ik het ze moeten vertellen voordat ze mijn spullen naar Baltimore verhuizen.'

James was even stil. 'Waarom ben je van gedachten veranderd?'

'Ik weet eigenlijk niet meer waarom ik meteen wilde doorstromen naar het tweede jaar. Waarom zou ik me haasten om het eerste jaar te kunnen overslaan?' Ik nestelde me tegen hem aan. 'En... omdat ik de zomer graag met jou wil doorbrengen.'

James boog zich over me heen en kuste me op mijn buik, die helemaal warm was van de zon. 'Mara Elizabeth,' zei hij, 'ik zou het geweldig vinden, maar je moet doen waar jij je het lekkerst bij voelt.'

We begonnen te zoenen. Na een paar minuten rolde ik op hem en terwijl James me bij mijn middel pakte en zich tegen me aan drukte, dacht ik: *Hier voel ik me lekker bij. Niet pas over een jaar, niet over tien jaar, maar hier en nu, op dit moment.*

Later die middag stuurde ik een mailtje naar Thomas van de Johns Hopkins-universiteit, waarin ik zei dat het me speet, maar dat ik had besloten het zomerprogramma niet te volgen.

Ik drukte op 'verzenden' en kocht twee maanden van mijn leven terug.

20

Het eindexamenjaar liep ten einde. Hoewel de leraren erop bleven hameren dat we ons best moesten doen voor de eindtoetsen, wist iedereen dat het gemiddelde eindcijfer al vaststond en dat de rest niet veel meer uitmaakte. In de klas en daarbuiten waren er nog maar vijf onderwerpen waarvoor de eindexamenleerlingen belangstelling hadden:

1 Het eindgala, in ruime zin, zoals wie met wie zou gaan en waar de meisjes hun jurk hadden gekocht.
2 Het eindgala, in enge zin, zoals wie met wie zou gaan maar eigenlijk het liefst met iemand anders zou willen gaan.
3 Feesten vóór het eindgala.
4 Feesten ná het eindgala.
5 Eindexamenfeesten en andere redenen om het deze zomer op een drinken te zetten.

Ondanks de vele uren die ik aan de organisatie van het eindgala had besteed, was ik niet van plan erheen te gaan. De enige met wie ik wilde dansen, was James, maar ik kon me niet voorstellen dat ik hem mee zou krijgen naar een middelbareschoolfeestje. V kreeg twee uitnodigingen – een van Brandon Parker en een van T.J. Zuckerman – maar sloeg ze allebei af. Later vertelde ze me dat Brandon altijd alleen maar stoned wilde worden en dat T.J. haar al sinds *Damn Yankees* het bed in probeerde te praten, en dat ze veel liever thuisbleef om een film te kijken.

De ochtend vóór het feest was ik druk bezig de balzaal te versieren met slingers en ballonnen. Bethany zou Keith meenemen naar het feest. Toen ik haar de volgende dag belde om te vragen hoe het was geweest, vertelde ze dat het enige nieuws was dat Ash en Travis allebei hun partner hadden gedumpt en de hele avond hadden staan zoenen. Bethany zei dat het, ondanks het openlijke gevrij, een opluchting was Ash eens iets anders te zien doen dan roddelen en zich met andermans zaken bemoeien.

Een week na het eindgala werd een enorme lading dozen met exemplaren van *Eindelijk vrij* afgeleverd. We vierden het met een pizzafeestje in de redactiekamer van het jaarboek. Ik at twee punten, een met kaas en een met groente, en genoot van elke hap. We gaven elkaar onze jaarboeken en pennen door om er een handtekening in te laten zetten. Iedereen wilde mijn handtekening op de pagina met 'De besten van de klas', waar Travis en ik vermeld stonden als de twee leerlingen met de meeste kans op succes, want iedereen was van mening dat mijn handtekening in de toekomst nog wel eens geld waard zou kunnen worden.

Die hele pagina over Travis en mij vond ik nu ineens belachelijk.

Ik weet nog hoe opgewonden ik was toen Travis en ik voor de camera moesten poseren. Hij met een dik pak monopolygeld en ik met een stuk papier in mijn hand waarop stond *Mara for President*. Maar de laatste tijd was ik anders gaan denken over succes. Ben ik succesvol omdat ik een leuk essay kan schrijven en hoge cijfers haal? En James dan? Volgens de standaardnormen is hij een mislukkeling omdat hij in Brockport is gebleven en niet naar de universiteit is gegaan. Maar aan de andere kant heeft hij een goedlopend bedrijf en is hij gelukkig. Dan is hij toch eigenlijk ook succesvol?

Die vragen spookten zo vaak door mijn hoofd dat ik me maar moeilijk kon concentreren op mijn afscheidsrede. Telkens wanneer ik achter mijn computer ging zitten om een openingszin te schrijven, kwam ik niet verder dan de allerergste clichés, zoals 'We kennen elkaar al zo lang dat het bijna niet voor te stellen is dat we nu afscheid van elkaar moeten gaan nemen...' en 'Nu ik hier zo voor u sta, zie ik hoe fantastisch de toekomst voor ons allen eruit gaat zien...'

Toen ik er bij James over klaagde, zei hij lachend: 'Ik wil je één goede raad geven: geen Robert Frost.'

'Hoe bedoel je?'

'Zeg niet dat twee wegen zich scheiden in een bos en dat jij het minst bewandelde pad hebt gekozen.'

'Wat is daar mis mee?'

'Omdat je niet in een bos bent maar in de gymzaal van je middelbare school, en bovendien klinkt het veel te opgeblazen.'

'Oké,' zei ik. 'Heb jij nog ideeën?'

'Nee, ik kan niets bedenken.'

Ook meneer B. was geen grote steun voor me. Telkens als ik hem in de gang tegenkwam, riep hij me bij zich, schudde mijn hand en vertelde me dat de diploma-uitreiking voor hem telkens weer het hoogtepunt van het jaar is. Vervolgens liet hij me een paar kreten opschrijven, waarvan hij vond dat ze uitstekend in mijn toespraak zouden passen, zoals 'Steek je nek uit, maar blijf met beide benen op de grond staan,' of 'De geest is als een parachute; hij werkt alleen als hij openstaat.' Het parachuteverhaal sprak me wel aan, maar ik wist niet hoe ik een sprong uit een vliegtuig kon inpassen in een afscheidsrede voor de middelbare school.

Mijn ouders verheugden zich in elk geval veel meer dan ik op de diploma-uitreiking, die op vrijdagochtend in de derde week van juli zou plaatsvinden. Ze hadden allebei de hele dag vrij genomen. Ze lieten speciale kaarten drukken, waarop mijn prestatie vermeld stond. En mijn moeder nam me mee de stad in om een jurk voor de gelegenheid te kopen. Tijdens het winkelen hadden we het grootste plezier, totdat we bij een zaak met vrijetijdskleding kwamen en mijn moeder voorstelde nog wat kleren voor de Johns Hopkins-universiteit te kopen. Omdat ik mijn ouders nog steeds niet had verteld dat ik er niet meer heen wilde, mompelde ik snel: 'Een andere keer misschien.'

Ik had mijn ouders ook nog niets over James verteld. Soms, bijvoorbeeld toen ik met mijn moeder vanuit de stad naar huis reed, moest ik me inhouden om het niet van de daken te schreeuwen. Mijn moeder zou het wel begrijpen, misschien zelfs wel blij voor me zijn. Maar dan zat ik nog met mijn vader in mijn maag. Ze zou het hem ongetwijfeld vertellen en eerlijk gezegd had ik geen flauw idee hoe hij zou reageren.

V had me beloofd niemand iets over James en mij te vertellen. Af en toe vroeg ze me hoe het ermee ging en als ik dan 'goed, hoor' zei, antwoordde ze 'fijn voor je' en daar bleef het bij. Maar ze was de laatste tijd eigenlijk ook niet veel thuis. Ze had auditie gedaan voor de zomeruitvoering van *Angels in America* en de rol van Harper gekregen, een aan valium verslaafde vrouw. Dat laatste vond ik wel grappig, omdat V zelf probeerde te stoppen met blowen. Dus V was 's avonds vaak aan het repeteren. En als ze niet aan het repeteren was, smeekte ze mijn vader om haar rijles te geven.

In het laatste weekend van mei hadden mijn ouders haar meegenomen naar het gemeentehuis om een proefrijbewijs op te halen. V en mijn vader waren voortdurend aan het oefenen met keren op de weg. Telkens als V de oprit op reed, toeterde ze triomfantelijk en knipperde ze met de lichten. Op een avond toen we aan tafel zaten, vertelden mijn ouders dat Aimee vroeger, toen ze rijles had, telkens een straal ruitenwisservloeistof over de ramen spoot als het haar gelukt was file te parkeren.

Die avond haalde mijn moeder de fotoalbums van Aimees middelbareschooltijd tevoorschijn. V en ik gingen naast haar op de bank zitten. V vroeg mijn moeder over Aimees rijexamen, haar eerste vakantiebaantje en haar eindgala. Dit keer klonk ze niet bitter, zoals meestal wanneer haar moeder ter sprake kwam.

Drie dagen later werd V voor de rest van het schooljaar geschorst.

Het begon allemaal met een telefoontje van Aimee. Op dat moment was ik met mijn ouders op een banket van de National Honor Society. Ik werd onderscheiden voor mijn verdiensten voor de school, mijn hoge cijfers voor staatsinrichting en natuurkunde en uiteraard voor mijn gemiddelde eindcijfer. Telkens wanneer ik een onderscheiding in ontvangst had genomen, boog een van mijn ouders zich naar me toe en fluisterde: 'Ik ben zo trots op je.'

Toen we thuiskwamen, stond het geluid van de televisie keihard aan en lag V onderuit op de bank. Haar ogen waren bloeddoorlopen, alsof ze gehuild had, en ze zat driftig op haar nagels te bijten.

'Wat is er aan de hand?' vroeg mijn vader.

V beet op haar onderlip en drukte op de afstandsbediening om het volume zachter te zetten.

'Wat is er, liefje?' vroeg mijn moeder.

'Aimee belde,' zei V ten slotte. 'Ze gaat verhuizen naar Florida. Ze wil zich gaan verdiepen in de productie van sinaasappelsap en ze kent iemand die een baan voor haar kan regelen op een sinaasappelplantage.'

'Florida?' vroeg mijn vader.

'Sinaasappelsap?' vroeg mijn moeder.

'Ja, de fabricage van sinaasappelsap,' zei V. 'Ze zei dat ik het schooljaar in Brockport moet afmaken en dat ze een ticket naar Florida voor me zal kopen zodra de eindtoetsen voorbij zijn.'

'Heb je haar verteld dat je een rol hebt in *Angels of America?*' vroeg mijn moeder.

'Ja. Ze zei dat ik mag blijven tot na de uitvoering.'

'Nou, dat is toch goed nieuws?' zei mijn vader.

'Ik wil helemaal niet op een sinaasappelplantage wonen. En bovendien heb ik van mevrouw Green gehoord dat ze volgend jaar *Chicago* op de planken willen gaan brengen en dat ik grote kans maak op de rol van Roxie.'

Mijn ouders keken elkaar even aan. Hoewel niemand het

hardop zei, wist ik dat ze V het liefst nog een jaar bij ons wilden laten wonen, zodat ze haar konden begeleiden met de inschrijvingsprocedure voor de universiteit. Het leek er bijna op alsof ze ervoor geduimd hadden dat Aimee in Costa Rica zou blijven en dit nooit een punt van discussie zou hoeven worden.

'Ik zal eens met Aimee praten,' zei mijn vader. 'Ik weet zeker dat ze er begrip voor zal hebben...'

'Vergeet het maar,' zei V. 'Aimee houdt niet eens van sinaasappelsap. Ze drinkt altijd grapefruitsap. Het is gewoon belachelijk.'

Vervolgens zette ze het geluid van de televisie weer keihard.

De volgende dag werd ik na het vierde uur door Ash aangeklampt. Ik stond mijn boeken in mijn kluisje op te bergen, pakte mijn autosleutels eruit en was van plan om op weg naar de parkeerplaats James te bellen en te vragen of hij zin had om mee naar Northampton Park te gaan. De afgelopen weken waren we vaker naar dat grasveldje gereden, waar het altijd heerlijk rustig is en we geen mens tegenkomen.

'Hé, Mara.'

Zodra ik Ash in het oog kreeg, wist ik dat ze een kakelverse roddel moest hebben, want sinds ze op het eindgala met Travis had gezoend, had ze me ontlopen.

'Heb je het gehoord?' vroeg Ash.

'Wat?'

'Dat V van school getrapt is.'

'Wát?'

Even dacht ik Ash te zien glimlachen. 'Ze is met Brandon Parker betrapt terwijl ze op het honkbalveld hasj zaten te roken. Voor Brandon is het de zesde keer dat hij tegen de lamp loopt, dus hij moet voorgoed van school af. V is alleen maar voor de rest van het jaar geschorst.'

'Shit,' zei ik terwijl ik de deur van mijn kluisje in het slot gooide. 'Wie heeft ze betrapt?'

'Rosemary.'

'Rosemary? Van de administratie?'

'Ja. Ze stond voor het raam koffie te drinken en zag ze samen weglopen. Vervolgens is ze stiekem door de kelderdeur naar buiten gegaan en ze heeft ze op heterdaad betrapt.'

Rosemary? Met haar eeuwige glimlach?

'Weet je het zeker?'

Ash knikte. 'Heel zeker. Je vader is haar tussen het derde en vierde uur komen ophalen. Ik heb ze met mijn eigen ogen...'

Ik stormde de trap af en liep naar de administratie.

'Hoi Mara!' zong Rosemary me toe. Haar pijpenkrullen dansten om haar hoofd. 'Kan ik je ergens mee helpen?'

'Ik zou meneer B. graag even willen spreken.'

'Ik ben bang dat hij het op dit moment te druk heeft.'

Ik liep langs haar heen het kantoor van meneer B. binnen. Ik zag dat Rosemary's ogen zich tot spleetjes vernauwden, maar nog steeds bleef de glimlach op haar gezicht gegraveerd staan, zodat ze eruitzag als een boosaardige clown. Zonder te kloppen duwde ik de deur van meneer B.'s kamer open, ik liep naar binnen en sloot de deur achter me.

Meneer B. zat te telefoneren. Hij keek me met een verwarde blik aan. Vervolgens brak hij het gesprek snel af en legde de hoorn op het toestel.

'Kijk eens aan. Wat een verrassing. Ga zitten.'

Ik schudde mijn hoofd. 'Waarom hebt u dat gedaan?'

'Wat?'

'V geschorst.'

Er verscheen een frons op het voorhoofd van meneer B. 'Ik ben bang dat dat je niets aangaat, Mara.'

'Natuurlijk gaat me dat wel iets aan. V is mijn nichtje.'

Meneer B. streek enkele losse haarslierten over zijn kale schedel. 'V heeft een van onze meest stringente schoolregels overtreden.'

'Maar ze heeft toch geen cocaïne gesnoven of zo?' zei ik.

'Ik heb het nog eens nagelezen,' zei meneer B., 'en marihuana is toch echt een illegale drug. Een student die illegale middelen op het schoolterrein gebruikt, kan rekenen op een strafmaatregel. Zo staat het in het schoolreglement.'

'Wie heeft dat reglement geschreven?'

'Ik,' zei meneer B. 'Samen met de rector en de hoofdinspecteur van politie.'

'Als u het zelf hebt geschreven, waarom kunt u het dan niet veranderen?'

Meneer B. schoof heen en weer in zijn stoel. 'Dat verbaast me, Mara. Je hebt zelf jarenlang geholpen bij de organisatie van de Gifvrije Gala's, dus je zou denken...'

'Ik wil alleen maar zeggen dat u er geen idee van hebt wat V allemaal moet doormaken. Misschien had u zich daarin moeten verdiepen in plaats van haar blindelings te straffen.'

'Dat is niet eerlijk.'

'U hebt me zelf dat citaat gegeven over de parachute, over dat de geest alleen maar kan werken als hij openstaat. Waarom kunt u dan niet met een open geest naar...'

'Wil je een schuimpje?'

'Wát?'

Meneer B. stak zijn hand in de schaal op zijn bureau en nam er een paar oranje snoepjes uit. Terwijl hij er een in zijn mond stak, zei hij: 'Waarom ga je niet even zitten? Neem een schuimpje en kalmeer een beetje.'

Ik wil helemaal niet kalmeren, dacht ik bij mezelf. Zonder één woord te zeggen trok ik de deur open en stormde langs Rosemary naar buiten naar mijn auto.

De hele wereld is een poppenkast, bedacht ik terwijl ik naar huis reed. Meneer B. en zijn mooie verhalen over een open geest en tweede kansen. Rosemary met haar vriendelijke buitenkant, maar stiekem eropuit om de leerlingen bij het minste vergrijp aan te geven. En ik bleef maar hoge cijfers halen, ook al leverde ik prutswerk in. En het enige waar de eindexamenleerlingen zich druk om maakten, was hoe ze op het Gifvrije Eindgala toch alcohol mee naar binnen konden smokkelen. De schuimpjes van meneer B. waren echt de druppel die de emmer deed overlopen.

Toen ik thuiskwam, zag ik de auto van mijn moeder halverwege de oprit staan alsof ze vanuit Rochester naar huis was komen racen en de auto lukraak had geparkeerd.

Ik zette mijn auto achter de hare en liep via de achterdeur naar binnen. Mijn ouders zaten op de bank met V tussen hen in. V had haar armen om haar knieën geslagen en wiegde heen en weer.

Toen ik binnenkwam, keken ze alle drie op.

'We hebben een spoedvergadering,' zei mijn vader met een frons op zijn voorhoofd. 'Ik weet niet of je het al...'

'Ik heb gehoord wat er is gebeurd,' zei ik.

V staarde naar haar blote voeten.

'We hebben het er zojuist met V over gehad om haar aan te melden voor een afkickprogramma,' zei mijn moeder.

'Maar ik ben geen drugsverslaafde,' jammerde V.

'V,' zei mijn vader, 'je hebt net zelf gezegd dat het niet de eerste keer was dat je...'

'Maar iedereen op school rookt hasj,' zei V. 'Zo erg is dat toch niet?'

'In elk geval wel zo erg dat je ervoor bent geschorst,' zei mijn vader. 'En niet iedereen doet het, want Mara rookt toch ook geen marihuana?'

V keek alsof ze een klap in haar gezicht had gekregen. Ze sloot haar ogen en begroef haar hoofd tussen haar knieën. Haar schouders schokten, alsof ze huilde, maar ze maakte geen enkel geluid.

'Jullie weten niet alles van me,' zei ik na een tijdje. 'Jullie weten niet dat ik me drie weken geleden heb afgemeld voor het zomerprogramma van de Johns Hopkins-universiteit. En jullie weten niet dat ik verliefd ben op James. We hebben al sinds maart verkering.'

Stilte.

V keek op en veegde de tranen van haar wangen. Op exact hetzelfde moment zei mijn moeder: 'Afgemeld?' en mijn vader: 'James? Wie is James?'

'James McCloskey, van de Common Grounds. Hij is tweeëntwintig. En ja, ik blijf deze zomer in Brockport.'

Mijn ouders staarden me aan alsof ik een vreemdeling was die zich uitgaf voor hun dochter. Ik wist zeker dat hun hersenen op dat moment op volle toeren werkten en dat ze geestelijk hun revolvers aan het laden waren. Het liefst was ik naar mijn auto gerend of had ik me in mijn kamer opgesloten.

Maar ik wilde niet vluchten. Ik wilde de confrontatie aangaan, wat de gevolgen ook zouden zijn. Dus rechtte ik mijn rug, haalde diep adem en wachtte tot het vuurpeloton zou losbarsten.

21

Mijn ouders reden naar school en spraken een uur lang met meneer B. Omdat er nog maar een week les zou worden gegeven, kwamen ze uiteindelijk overeen dat ik V's huiswerk mee naar huis zou nemen, zodat ze haar schoolwerk thuis kon doen. Ze zou wel op school mogen komen om de eindtoetsen te maken, maar dan zou meneer B. haar bij de schoolpoort komen ophalen en haar naar haar klas begeleiden, om haar weer uitgeleide te doen als ze klaar was. Maar behalve voor de toetsen mocht V zich tot september niet op school vertonen en hij weigerde een uitzondering te maken voor de diploma-uitreiking.

Ik vond het een te zware straf, maar V zei dat ze er vrede mee kon hebben. Ze was zelfs bereid het hulpverlenings-programma Drugs en Verslaving te volgen. Ze vertelde me dat Brandon het programma een lachertje had gevonden omdat blowers zo juist de kans kregen elkaar te ontmoeten en nieuwe contacten te leggen om aan drugs te komen. Toen ik haar vroeg of zij er wel serieus aan wilde werken, antwoordde ze dat ze dat wel van plan was, maar dat ze niets kon beloven.

Mijn ouders voerden diverse telefoongesprekken met Aimee, die Costa Rica inmiddels had verlaten en op de sinaasappelplantage woonde. Uiteindelijk spraken ze af dat Aimee eind juli naar Brockport zou vliegen om naar *Angels in America* te komen kijken. Tegen die tijd zouden ze ook om de tafel gaan zitten om te zien waar V het jaar daarop zou gaan wonen. Iedereen was het erover eens dat V daarin het laatste woord moest hebben.

Nadat ik mijn ouders het nieuws over James en het zomerprogramma had verteld, was er lichte paniek in huize Valentine ontstaan. Maar achteraf was me hun reactie eigenlijk wel meegevallen. Ik was in de fauteuil tegenover mijn ouders en V gaan zitten en had hun uitgelegd waarom ik niet wilde meedoen aan het zomerprogramma. Ik zei dat ik geen zin had het eerste studiejaar over te slaan, dat ik het wat rustiger aan wilde doen en dat ik van de zomer wilde genieten. Op de een of andere manier leken ze het wel te begrijpen. Toch vroeg mijn moeder tot drie keer toe of ik ook niet meer aan Yale wilde gaan studeren, waarna ik haar elke keer verzekerde dat dat niet het geval was.

Over James zei mijn moeder: 'Ik moet eerlijk zeggen dat het me verbaast. Een jongen als Travis Hart lijkt me veel beter... bij je passen.'

'Travis heeft me anders schandalig behandeld.'

'Travis?' zei mijn moeder. 'Meen je dat?'

'Weet je zeker dat die James McCloskey geen...' Mijn vader viel even stil. 'Weet je zeker dat hij je... niet gebruikt?'

Ik moest lachen. 'Dat lijkt me meer iets voor Travis.'

Mijn ouders bloosden allebei. Zelfs de vaagste toespeling op seks is al genoeg om ze het zwijgen op te leggen.

Maar toen ik de volgende ochtend met mijn moeder de afwasmachine stond in te laden, zei ze: 'Bij nader inzien vind ik het toch niet zo vreemd. Je was je leeftijd altijd al vooruit. Logisch dat je liever met oudere jongens omgaat.'

Mijn vader had meer tijd nodig om aan het idee te wennen. Op zondagmiddag kwam James me met de auto ophalen. Hij wist dat mijn ouders het wisten en mijn ouders wisten dat hij dat wist, dus toen hij zijn auto op de oprit parkeerde, liep mijn vader naar buiten om zich voor te stellen en een praatje te maken. Toen ik later die dag thuiskwam, zei ik tegen mijn vader: 'Zie je wel... James valt reuze mee, hè?'

'Hmmm,' bromde mijn vader.

'Je moet toegeven dat hij aardig is en er leuk uitziet.'

'Hij heeft mooie tanden.'

Ik schoot in de lach. 'Mooie tanden. Het is geen paard!'

'Mara, ik vind dit niet om te lachen. Ik maak me zorgen om je. Wie weet wat er gebeurt als...'

'Als jij me eens wat vrijer liet en me mijn eigen weg liet gaan?'

Mijn vader keek me strak aan. Ik begreep dat dit niet het juiste moment was om hem te vertellen dat James en ik eind juli – waarschijnlijk in het weekend van mijn verjaardag – wilden gaan kamperen.

De afscheidsrede hing als een donkere wolk boven mijn hoofd. Ik was eindelijk klaar met mijn toespraak. Het was een ontzettend clichéverhaal geworden van maar twee pagina's lang, en dat ook nog met dubbele regelafstand. Ik kon het gewoon niet opbrengen er iets leuks van te maken. Het was zelfs zo slecht dat ik James vroeg zijn uitnodiging voor de diploma-uitreiking, die ik hem overigens zelf had gegeven, te verscheuren en me te beloven dat hij zich op vrijdagochtend niet in de gymzaal zou laten zien.

De Brockport Post stuurde een verslaggever naar ons huis om me te interviewen over mijn afscheidsrede. We zaten in onze Adirondack-stoelen in de tuin – de verslaggever, mijn vader, mijn moeder en ik. V zat aan de andere kant van de tuin aan de picknicktafel over een schoolboek gebogen. Ze was fanatiek aan het blokken voor haar eindtoetsen. Ikzelf had nauwelijks een boek aangeraakt.

'Hoe voelt het om de beste van de klas te zijn?' vroeg de verslaggever aan mij. Hij had een spleetje tussen zijn voortanden en zijn adamsappel ging als een lift op en neer.

Ik keek naar de kat van de buren, die uiterst langzaam over het gazon naar een onzichtbare prooi sloop.

'Geweldig,' zei mijn vader na een ogenblik.

'Ze heeft het verdiend, want ze heeft er hard voor gewerkt,' voegde mijn moeder eraan toe.

'Mag ik u citeren?' vroeg de verslaggever.

'Oh ja, natuurlijk,' zei mijn moeder.

Terwijl mijn vader hun namen voor hem spelde, zag ik de kat als een pijl uit een boog wegschieten om een paar meter verderop weer te blijven staan en verbaasd om zich heen te kijken.

Toen ik op woensdagmiddag na mijn laatste examen het lokaal uit liep, kwam Travis naast me lopen. 'Vond je dat eerste opstel ook zo'n makkie? Ongelofelijk, wat simpel. Hoe denk je dat je het gemaakt hebt?'

'Meen je dat nou?'

Travis glimlachte. 'Vertel op, Valentine. Hoe heb je het gemaakt?'

'Dat maakt nu toch niets meer uit?'

'Ach, om het af te leren.'

'Liever niet,' zei ik terwijl ik harder ging lopen.

We liepen via de zijdeur naar de parkeerplaats. Het was bloedheet buiten, het soort warmte waar je loom van wordt, maar ik liep stevig door.

'Doe niet zo flauw,' zei Travis. 'Je kunt toch wel zeggen hoe je het gemaakt hebt?'

Ik zocht in mijn tas naar mijn zonnebril. 'Heb je me soms niet gehoord? Ik heb hier geen zin in.'

'Jeetje, wat kun jij soms toch bot uit de hoek komen.'

'Beter soms dan altijd, zoals jij.'

'Nou nou!' Travis stak zijn handen in de lucht, alsof hij de onschuld zelve was. 'Wat heb jij ineens?'

'Ik heb genoeg van dat domme vergelijken.'

'Oh ja? Voel je je ineens te goed voor me omdat jij de afscheidsrede mag houden?'

'Dat heeft er niets mee te maken,' zei ik terwijl ik het portier van mijn auto opende.

'Nee nee. Jij hebt gewonnen. *Game over*. Geef het maar gewoon toe, Valentine. Waarschijnlijk zou ik in jouw plaats net zo reageren.'

Ik nam niet eens de moeite nog iets te zeggen. Ik trok het portier dicht, zwaaide even naar hem en reed naar de Common Grounds. James was er niet, maar hij had bij het meisje dat die middag dienst had een briefje voor me achtergelaten waarin hij me liet weten dat er een grote plastic beker McCloskey-kamillemuntijsthee voor mij in de koelkast stond. Ik vond de beker, prikte er een rietje in en stak de straat over naar de boekwinkel.

Ik was net bij de romans aan het rondneuzen op zoek naar

een paar leuke boeken voor de zomer, toen ik een bekende stem hoorde zeggen: 'Hoi, Mara.'

Ik keek op. Claudia had haar haren kort laten knippen en ze platinablond met rossige strepen geverfd.

'Herkende je me niet?' vroeg ze glimlachend.

'Nee... Ik ben alleen... Je ziet er goed uit.'

'Dank je.'

Ik stond op het punt mijn excuses aan te bieden, zoals ik al maanden van plan was, toen Claudia zei: 'Mag ik iets zeggen?'

'Natuurlijk.'

'Het spijt me.'

'Het spijt jóú? Als er iemand is die zijn excuses moet aanbieden, ben ik het. Dat wilde ik al veel langer doen, maar Pauline...'

Claudia schudde haar hoofd. 'Ik was er nog niet aan toe. En ik was er zeker nog niet aan toe jou míjn excuses aan te bieden.' Claudia haalde haar hand door haar blonde haren. 'Ik vind het moeilijk om te zeggen, maar ik had al veel langer het idee dat James en jij iets voor elkaar voelden. Maar ik dacht dat het wel over zou gaan en dat hij me vanzelf leuk zou gaan vinden als ik er mijn best voor deed. Maar dat was niet eerlijk tegenover jou en James, en ook niet tegenover mezelf.'

Ik kreeg een brok in mijn keel. 'Maar ik had het niet stiekem moeten doen.'

'Ik liet je ook weinig keuze.'

We waren allebei even stil.

'Vind je het niet vreemd dat ik nog steeds in Brockport ben?' vroeg Claudia. 'De colleges zijn allang afgelopen.'

Ik knikte. De plastic beker met ijsthee was vochtig geworden van de condens, dus ik droogde mijn vingers af aan mijn rok.

'Ik blijf de hele zomer hier,' zei Claudia. 'Ik woon bij mijn vriend in Union Street.'

'Bij je vriend?'

Claudia glimlachte. 'Hij heet Lee. Hij studeert existentiële filosofie. Ik snap de helft van de tijd niet waar hij het over heeft, maar we vinden elkaar leuk, en daar gaat het om. Je gelooft nooit hoe we elkaar hebben leren kennen.'

'Hoe dan?'

'Via internet!'

'Echt waar?'

'Kersverse roodharige zoekt vrijgezel om haar gebroken hart te lijmen. Dient over een flinke pot lijm te beschikken en geen andere dames op het oog hebben.'

Ik kreeg tranen in mijn ogen. 'Ik ben ontzettend blij voor je.'

'En... zijn James en jij nog steeds bij elkaar?'

Ik knikte en keek naar mijn sandalen.

Claudia liet haar vinger over de rug van een boek glijden. 'Het kost me moeite het te zeggen... maar ik ben ook blij voor jou.'

Ik begon te huilen. Claudia ook. We stonden een beetje onhandig tegenover elkaar en schudden glimlachend ons hoofd. Uiteindelijk veegde Claudia haar ogen af. 'Ex-werknemer bij de Common Grounds zoekt werknemer bij de Common Grounds om deze zomer leuke dingen mee te doen.'

Mijn mond was kurkdroog. Ik nam een slokje van mijn ijsthee en zei: 'Ik hou van wandelen langs het strand, dinertjes bij kaarslicht en het hernieuwen van vriendschappen die ten dode opgeschreven leken.'

'Ik ook,' zei Claudia zacht.

En toen begonnen we allebei weer te huilen.

22

De diploma-uitreiking zou op vrijdagochtend om negen uur plaatsvinden. Ik had mijn wekker op zeven uur gezet. Toen hij afliep, hoorde ik mijn ouders beneden al praten. Maar toen ik een paar minuten later de keuken binnen kwam, waren ze spoorloos verdwenen. Ik ging met een glas sinaasappelsap op een kruk zitten. Op dat moment viel mijn oog op een briefje dat op de broodplank lag.

Mara & V
We zijn even naar Wegmans om muffins en fruit te kopen. Tot zo.
Kus, mama/oma

Ik zette mijn glas op het aanrecht en liep de trap op naar V's kamer. De deur stond open, maar V lag nog opgerold onder haar dekbed.
'Wakker worden!' Ik trok de gordijnen open, zodat het zonlicht de kamer binnen stroomde.
V draaide zich om en keek me met een slaperige blik aan.
'Kom op,' zei ik. 'Wakker worden... opschieten!'
'Wat is er?'
'Je moet met me mee.'
'Waarheen?'

'Een eindje rijden. Schiet op! Zo veel tijd hebben we niet.'

V kroop onder haar dekbed vandaan en bleef even wankelend in haar veel te grote T-shirt naast haar bed staan. Ze pakte een boxershort van de grond en trok die aan.

'Oké,' zei ik. 'Laten we gaan.'

'Ga je zó?'

Ik keek naar mijn badstoffen nachthemd, dat eigenlijk veel te kort was en waarvan de bandjes in de loop der jaren waren uitgerekt.

'Hier.' V raapte een topje en een afgeknipte spijkerbroek van de vloer. 'Doe die maar aan.'

V draaide zich om terwijl ik de broek dicht ritste. Vervolgens gooide ik mijn nachthemd op haar bed en trok het topje over mijn hoofd aan. Het was het roze topje waarop I'M JUST A GIRL WHO CAIN'T SAY NO stond, maar ik had nu geen tijd meer om iets anders aan te trekken. We moesten het huis uit zijn voordat mijn ouders terugkwamen.

Ik rende de trap af en griste mijn autosleutels van de magnetron. Uit gewoonte stopte ik mijn mobieltje en mijn rijbewijs in mijn broekzak.

Terwijl ik van de oprit Chappell Street in reed, leek V nog steeds in dromenland te verkeren. Maar toen we het kanaal over waren, wreef ze in haar ogen en zei: 'Waar gaan we heen?'

'Weet ik niet. We gaan gewoon een eind rijden.'

'Moet je niet op tijd bij de diploma-uitreiking zijn?'

Ik schudde mijn hoofd. 'Ik ga niet.'

V draaide zich naar me toe. 'Dat meen je toch niet? Je kunt het niet maken om weg te blijven.'

We reden langs een tankstation, waar een groot bord stond met de tekst: GESLAAGD? HARTELIJK GEFELICITEERD!

'Komt het door mij?' vroeg V.

'Het komt door een hele hoop dingen.'

'Ík heb het schoolreglement overtreden. Ík heb mezelf in de nesten gewerkt. Daarom hoef jij de diploma-uitreiking toch niet missen?'

Ik antwoordde niet. V leunde achterover in haar stoel. Toen we Brockport achter ons lieten, maakten de keurig gemaaide gazons plaats voor akkers met kolen. Mijn mobieltje ging af. Ik haalde het uit mijn zak en zag dat het mijn vader was. Direct drukte ik op de cancel-toets en stopte mijn mobiel terug in mijn zak.

Ik reed door tot aan Hamlin Beach State Park. In het loket bij de toegangspoort zat niemand, dus ik reed zonder te betalen naar de dichtstbijzijnde parkeerplaats. V en ik stapten uit en liepen naar Lake Ontario. Omdat we allebei blootsvoets waren, moesten we voorzichtig lopen om her en der verspreid liggende glasscherven te ontwijken. Weer ging mijn mobieltje af. Dit keer was het mijn moeder. Ik nam niet op.

V en ik stonden naast elkaar over de immense, grijsblauwe watervlakte uit te kijken. Het meer was zo groot dat het leek alsof ik er helemaal door omringd werd, alsof ik er een deel van was. Ik dacht ineens aan een citaat dat ik was tegengekomen tijdens het schrijven van mijn afscheidsrede. Het kwam erop neer dat je, als je vreemde gebieden wilt ontdekken, eerst lange tijd op zee verdwaald moet zijn geweest.

Mijn mobieltje rinkelde. Het was mijn vader. Ik liet hem overgaan. Precies op het moment dat ik mijn mobiel in mijn zak wilde steken, belde hij weer.

Ik strekte mijn arm en gooide mijn mobieltje ongeveer tien

meter voor me uit, waarna het, nog rinkelend, in het meer plonsde en onder water verdween.

V giechelde nerveus. 'Wat doe je nou?'

'Dáááag,' riep ik en ik zwaaide naar het water.

'Misschien,' zei V, 'kunnen we hier op een dag naartoe gaan om mijn rook... eh... spullen weg te gooien.'

'Denk je?'

'Ja, ik ben er klaar voor.'

Terwijl we over het water staarden, bedacht ik dat ik van V was gaan houden, maar niet op de verplichte manier zoals je vaak van je familie houdt. Ik wist dat zij ook van mij hield. Ik heb haar nooit iets verteld over mijn gesprek met meneer B., net zoals zij me nooit heeft verteld dat ze voor me was opgekomen tijdens de repetities met meneer Hendrick. Maar dat is ook niet belangrijk. Ik heb geleerd dat je niet altijd alles hoeft uit te spreken en in hokjes hoeft te stoppen.

'Weet je zeker dat je niet naar de diploma-uitreiking wilt gaan?' vroeg V.

Ik haalde mijn schouders op. 'Ik heb het gevoel dat het allemaal voor de show is. Het gaat niet om mij. Het gaat erom dat mijn ouders blij zijn, dat meneer B. blij is en dat ik heb bewezen dat ik beter ben dan Travis. Maar ík kom in het hele verhaal niet voor.'

'Natuurlijk wel,' zei V. 'Je hebt het verdiend. Je hebt er hard voor gewerkt en je hebt een geweldige prestatie geleverd. Je ouders zijn blij, misschien wel dolblij. Maar meneer B. en Travis zijn gewoon sukkels. Het gaat niet om hen. Het is jouw dag vandaag, Mara. Je hebt het verdiend.'

Ik schopte met mijn voet tegen een kiezelsteentje. 'Het is nu toch al te laat om er nog heen te gaan. Ik moet eerst nog naar huis, douchen en mijn feestjurk aantrekken...'

'Hoe laat was het op je mobieltje voordat je hem...' V maakte een wegwerpgebaar naar het meer.

'Drieëntwintig over acht.'

'Bijna halfnegen dus. Hoe laat kun je op school zijn?'

'Binnen vijfentwintig minuten. Als ik hard rij in twintig minuten.'

'Dus je zou nog op tijd voor de ceremonie kunnen zijn?'

'Maar mijn haar zit niet en ik heb geen schoenen aan en ik heb jouw *cain't say no*-topje aan. Ik kan toch niet zonder toga en baret naar een diploma-uitreiking?'

'Jíj bent degene die de afscheidsrede moet houden. Dat weet iedereen, of je nu wel of niet een toga en baret draagt.'

'Ik heb niet eens een beha aan.'

'Die heb je ook niet...'

'Wrijf het er nog maar eens lekker in, ja,' zei ik lachend. 'En mijn afscheidsrede dan? Ik heb hem helemaal niet bij me.'

'Je vond hem toch slecht? Dat heb je zelf gisteravond gezegd. Waarom improviseer je niet? Zeg gewoon wat je hartje ingeeft.'

'En mijn ouders dan? Ze weten nu niet of ze naar school moeten gaan of niet.'

'Maak je geen zorgen. Ik durf te wedden dat ze er zijn en er het beste van hopen. Als je mij bij school afzet, loop ik naar huis en kan ik ze altijd nog zeggen dat je al op school bent.'

'Je meent het echt, hè? Je vindt dat ik dit moet doen.'

'Ja, ik meen het echt.'

'Nou,' zei ik met een blik op mijn topje, 'dat komt dan goed uit, want I'm *a girl who cain't say no*.'

V barstte in lachen uit. Ik wierp een laatste blik op het meer. Vervolgens haastten we ons op onze blote voeten terug naar de auto.

Terwijl ik met piepende banden de parkeerplaats af reed, gilde V: 'Joehoeoeoeoe!'

Lachend draaide ik mijn raampje omlaag en scheurde terug naar Brockport.

Dankwoord

Ik ben veel dank verschuldigd aan mijn twee fantastische redacteuren, Deborah Wayshak en Mara Bergman, en aan Jodi Reamer, mijn onvermoeibare agent. Ook wil ik iedereen bij Candlewick en Walker bedanken voor hun betrokkenheid. Mijn speciale dank gaat uit naar Karen Bokram, mijn redacteur bij *Girls' Life*, waar ik op het idee van het personage Mara Valentine kwam, en naar Dar Williams, die het liedje 'After All' heeft geschreven dat mij tijdens het werken aan dit boek inspiratie gaf. Ook ben ik mijn stiefzus, Michelle Seidman, zeer erkentelijk voor het doorlezen van de eerste vier hoofdstukken, waardoor ze mij op het goede spoor zette. Verder dank ik mijn ouders, stiefouders, schoonouders, stiefschoonouders en alle varianten in broers en zussen voor hun liefde. Mijn speciale dank gaat uit naar mijn grootmoeder, Betty Dalton, met wie ik de liefde voor woorden en boeken deel.

Tot slot wil ik mijn man, Jonas Rideout, mijn gevoelens van diepe dankbaarheid overbrengen – bedankt voor alles.